Mère et fille, un roman

Éliette Abécassis

Mère et fille, un roman

Albin Michel

À ma mère,
À sa mère, l'artiste

1.

ELLE est née pour séduire, pour capter les regards qui se posent sur elle, grâce auxquels elle se pâme sans s'épanouir, ceux qui la saluent, ceux qui passent, puis s'attardent, et finissent par s'arrêter, ceux qui tentent de deviner l'intérieur à travers ce qu'elle veut bien en laisser paraître, ceux qui la jugent, la jaugent, la jalousent, la convoitent, ceux qu'elle fait rêver; elle mène avec tous ceux qui s'y risquent une conversation silencieuse, les mots ne sont pas nécessaires pour qu'elle raconte son histoire, l'histoire de celle qui a décidé de sortir pour se montrer, qui cache sans se cacher, plie sans ployer, dévoile sans montrer, qui sait qu'elle n'a pas le temps, elle est née hier, et demain déjà, elle sera vieille, alors elle veut profiter, de sa liberté, de sa vie, de son règne éphémère sur les regards et sur les cœurs : belle, sombre, droite, altière, avec ce petit grain de folie, d'inachevé, quelque chose d'étrange, d'original, de gai, qui la rend différente, triomphante, et voluptueuse, qui palpite, lorsqu'une main se tend, un sourire se dessine, un geste comme une esquisse, un signe pour elle, qui la fait naître, avant de mourir bientôt aux pieds d'un corps dévêtu et de retrouver son origine, de bout de tissu, de chiffon, de fil : la robe.

La femme est assise, à sa table, l'air rêveur, méditatif, comme si elle sortait d'un tableau du XIXᵉ siècle, ou peut-être d'un Botticelli aux blondeurs vénitiennes. C'est son quartier, le lieu qu'elle préfère dans Paris, qu'elle a habité, et qu'elle a fait sien. Les écrivains l'y ont attirée, la Librairie des femmes à côté, avec Antoinette Fouque, l'éditeur Grasset, rue des Saints-Pères, sont sa faune, toute la vie part de là. Et elle, qui n'aime rien autant que la littérature, perdue dans le milieu de la mode, grave des mots sur les pulls et les sacs, et prend la robe comme miroir, comme étendard, comme un parchemin, un livre. Elle, styliste au milieu des libraires, écrivain au milieu des stylistes, écrit l'histoire des femmes et dessine les contours de son époque à Saint-Germain-des-Prés.

Au premier étage du Flore, la table a été réservée, c'est toujours la même, sa table à elle. Son club sandwich, sans pain ni mayonnaise, a pris son nom : c'est sa fille qui a eu cette idée, qui a demandé au chef de l'inscrire sur la carte, et de la mettre au menu. Elle a passé sa vie au Flore. Les rendez-vous professionnels, les déjeuners amicaux et aussi les rencontres amoureuses. Le Flore, c'est Paris : la vie se déroule au café, autour d'un repas, entre l'entrée et le dessert. Les petites et les grandes décisions s'y préparent et s'y prennent, les contrats s'y concluent, les regards s'y promènent, s'y croisent, s'y attardent. Nulle part ailleurs qu'à Paris les grands événements ne se déroulent autour d'une table, entre la poire et le fromage. Nulle part au monde on ne déjeune pendant deux heures, pour parler de travail, pour conclure un contrat, cultiver une amitié, déclarer un amour, séduire ou rompre. Au Flore, le spectacle est dans la salle. Le vin coule, les langues se délient, les émotions glissent. On regarde. Qui entre et qui s'en va, qui vient avec qui, qui voit qui en ce moment, qui fait un entretien avec qui, et pour ceux qui savent regarder, on peut savoir quel livre, quel disque, quel film va bientôt sortir, et quelle œuvre recevoir tel prix littéraire, et aussi, qui est l'amant, la maîtresse de qui, ou le sera bientôt. Le Flore est ce Paris de la Rive gauche, des éditeurs, des libraires, des auteurs, et aussi des boutiques de mode venant envahir le cœur intellectuel, le centre névralgique de la cité. Les marques se pressent contre les maisons d'édition, coincées entre un magasin de luxe et une boutique de maquillage. Mais si le quartier de Saint-Germain a changé, le Flore reste toujours le Flore, entre L'Écume des pages et La Hune, les deux grandes librairies du boulevard Saint-Germain, où se côtoient les artistes et les habitués, où se donnent les interviews et les rendez-vous, au premier étage, pour être plus tranquille, où l'on salue, ici un acteur, un chanteur, une attachée de presse, et là, un éditeur, qui a sa table, toujours la même, à gauche en entrant près de l'escalier, et autres personnages augustes, qui y viennent tous les jours ou presque, et où les serveurs ont un style inimitable, avec des répliques qui sonnent comme dans une pièce de théâtre, montrant qu'ils ont tout compris de la vie, de la mort, de l'amour. Il y a toujours un visage connu, quelqu'un qui vous dit quelque chose, et les regards. Et même si les temps ne sont plus à l'invention du surréalisme, ni à débattre de l'existentialisme ou de la psychanalyse, le Flore, lui, du moins reste témoin de son temps, théâtre de la vie parisienne.

Un jour, il y a longtemps, un homme la regardait. Beau, séduisant, élégant, il avait de l'allure. La quarantaine peut-être, les cheveux sombres, l'air intellectuel derrière ses lunettes carrées, il l'observait, comme s'il la connaissait, l'air insistant mais sans faire un pas vers elle. Sous ce regard, elle se sentait belle. Elle aurait aimé qu'il lui parlât, qu'il l'approchât, mais il se contentait de la regarder, sans honte, sans distance ; puis de la suivre, dans la rue ; elle entendait son pas derrière elle, sentait son regard sur ses jambes, dans son dos, son ombre frôler silencieusement la sienne, et parfois s'y mélanger. Et pendant plusieurs années, elle s'est contemplée dans ce regard, car elle a besoin du regard de l'homme pour se sentir belle, aimée, pour exister. À cette époque de sa vie, elle vivait avec un metteur en scène italien, fantastiquement metteur en scène et fantasquement italien, avec toute la verve, le panache et la dérision que cela comporte. Il habitait Milan, lui rendait visite le samedi et le dimanche, et la semaine, elle voyait cet homme qui la contemplait, et qui lisait seul, à l'heure du déjeuner. Elle, qui a toujours aimé les livres, était fascinée par celui qui lisait en déjeunant. Et un jour, alors qu'elle était avec sa fille, elle s'est décidée à lui parler. Elle s'est levée, est allée vers lui, lui a proposé d'assister à son nouveau défilé, il ne savait pas qui elle était, ne connaissait rien du milieu de la mode, n'avait pas idée de ce qu'était une collection, mais il est venu, ce jour-là. Elle est partie rejoindre son amant à New York, et lorsqu'elle est rentrée de voyage, il se lève, se dirige vers elle, salue son retour, lui demande si elle accepterait de dîner avec lui. Et lui raconte la première fois qu'il l'a vue : le livre qu'il lisait lui est tombé des mains. Elle a aimé l'image de cet intellectuel, au cœur chaviré par la vision d'elle au point qu'il en perdait sa raison d'être. Elle a adoré être la rivale d'un livre, et gagner le combat de la fascination ; comme si le centre de la vie se déplaçait, soudain, des mots d'amour à l'amour vécu, du fantasme de l'amour à l'amour vrai, de l'écriture à la vie. Les mots sont le prisme du réel, et un jour, le réel déborde les livres, pour ensuite les ouvrir.

Seule à table, elle attend sa fille. Elle a hâte de la voir, de l'entendre, de la sentir, contre elle, de se rassurer de la voir, de l'avoir, en bonne forme, telle qu'elle est, dans la pleine mesure d'elle-même, projetée dans le tourbillon de la vie, odorante, respirante, naissante. Elle souffre de l'attente qui s'éternise. Elle est d'une ponctualité intransigeante, sa fille est en retard. Quand va-t-elle arriver ? Quand va-t-elle paraître ? Comment sera-t-elle ? Depuis toujours, depuis sa naissance, elle temporise, comme si elle prolongeait par l'attente sa gestation. Elle voudrait sourire, mais en ce jour, elle est en souffrance, elle l'attend comme l'air, une version d'elle-même, de la vie et de l'amour qui répare, qui régénère, du regard, innocent, qui dans la tendresse la couve, elle attend l'espérance, née du désir de contempler, de caresser, de vêtir, de couver des yeux, sa fille.

La mère attend la fille pendant la grossesse, puis la fille attend la mère, qui part le matin et parfois le soir, la laissant seule, dans le manque d'elle – étrange souffrance de l'enfant qui voit sa mère partir, comme si c'était la chose la plus insupportable au monde, comme si plus jamais elle ne devait la revoir : la forme la plus absolue de l'amour. Qui pleure une femme quand elle ferme la porte pour faire une course ? Qui se jette par terre lorsqu'elle prend son sac et met son manteau ? Qui essaye de la retenir comme si son départ momentané était la plus grande catastrophe possible ? Quel amant, quel amoureux, quel mari ? Et plus tard, c'est la mère qui attend sa fille, projetée dans la vie, dans ses occupations, alors qu'elle voudrait la voir. Et le jour où elles ne s'attendent plus, ce jour-là où la patience cesse, est celui de la mort.

Enfin, la voilà, tendue, droite, presque raide. Vêtue d'une petite robe noire et perchée sur des talons, elle incarne l'éternel féminin, la séduction, le charme, par son attitude, mélange de désinvolture et de détermination. Dans la plénitude de la féminité, capiteuse, sulfureuse, elle incarne un état d'esprit, de réceptivité et de don, par un port de tête, une main dans les cheveux, un jeu de jambes. Les yeux étirés par un trait de khôl, la bouche fine, le visage triangulaire, émacié, elle est à la fois forte et fragile dans sa beauté particulière. Le cou, la nuque, les épaules, en elle, tout est fin et droit, gracile, fragile. Une beauté de pas tous les jours, comme le dit sa mère. Une beauté sincère et altière qui vient de l'intérieur, du désir, une beauté animée et vivante. Ses cheveux bruns autour de ses yeux en amande, l'expression de son visage, la sophistication de son attitude rappellent sa mère, tout en étant différente, et même opposée à elle. Depuis qu'elle a créé le nouveau parfum de la marque, et qu'elle s'est fait reconnaître, la voilà à son tour détentrice du secret de la séduction. Par la bonne posture, la pose, l'ouverture au regard de l'autre, dit-elle, on peut probablement séduire n'importe qui. Avec son nouveau compagnon, elle a pu s'épanouir sous un regard, ayant enfin franchi le pont, la frontière qui l'a menée de la mère à la femme. Il a trouvé le chemin, la bonne distance, ni trop loin ni trop près, il a pu la faire rire sans la faire pleurer, la diriger sans la forcer, l'aimer sans l'étouffer, depuis cette nuit où ils se rencontrèrent. Il était là, lui a souri, lui a dit qu'ils se connaissaient, comme s'ils se reconnaissaient, ils s'étaient croisés auparavant, dans une autre vie peut-être, celle où chacun était encore

marié, ils ont parlé ensemble, il ne l'a plus
lâchée du regard, et avant de partir, lui a dit, je
vous appelle ? Oui, a-t-elle répondu. Quand ?
Ce soir voyons. Le lendemain, il l'a appelée à
toutes les heures, puis au bout de trois jours, il
est venu chez elle, déjà, ils étaient ensemble.
Heureuse avec lui, elle qui n'avait vraiment
jamais connu cette félicité-là, elle fait partie
désormais de celles qui savent.

Qui savent qu'il y a des hommes qui célèbrent
les femmes, les révèlent à elles-mêmes, les
emmènent vers d'autres mondes dont elles ne
soupçonnaient pas l'existence, et qu'il y a des
hommes qui ne les aiment pas, même s'ils pré-
tendent le contraire, et les enferment dans
l'oubli et la négation, l'angoisse et la haine, le
dégoût d'elles-mêmes, et il y a des femmes,
enchaînées dans les torpeurs de la féminité, qui
cherchent ces hommes-là et non les autres, et
qui passent à côté de leur vie ; et il y a des longs
moments dans la vie où il n'arrive rien, comme
si l'on était endormie dans un sommeil profond,
et soudain, sans que l'on sache vraiment pourquoi, tout cède et l'on s'abandonne : déchirement de la féminité, abandon de soi, découverte
de l'amour par le rituel des corps qui révèle,

passage initiatique qui rend femme la femme. Et c'est d'une violence et d'une vérité extrêmes, et ces moments-là sont les plus précieux et les plus intenses qu'il soit donné de vivre à une femme.

Les yeux transparents de la mère fixent le fond du regard sombre de sa fille, avec une intensité aveuglante. La mère et la fille : deux versions différentes de la séduction. La fille est l'air, la mère est le feu. La fille est le jour, la mère est la nuit. La fille est le printemps, la mère l'hiver. La fille la lumière, la mère les ténèbres, abondantes où surgit l'aube, la fille. La fille est diaphane, la mère est crue. La fille, fragile, la mère forte. La fille éphémère, la mère éternelle.

La mère, entre la femme fatale, inaccessible, et la petite fille timide. Son sourire aimable, gentil, comme une caresse. Ses gestes évoquent la poupée de porcelaine. Ses cheveux, fous, crêpés, rouges, avec la frange droite, rectiligne, parfaite. Ses cheveux comme une signature, un atout, un étendard, annoncent la couleur. À eux seuls, ils symbolisent la femme complète : la frange de la fillette, les crêpes de la femme passionnelle, le lisse de la femme sage, le flou de la mère de famille, le roux de la rebelle. Elle est plus que femme. Elle est toutes les femmes.

La fille sourit au serveur empressé, qui l'appelle «Princesse», c'est un jeu entre eux, commande un Coca light, un œuf coque et un carpaccio. Soucieuse de sa ligne, elle fait attention à ne pas grossir, depuis le temps où elle a décidé de perdre les trois kilos qui l'empêchaient d'être bien dans sa peau. En tant que femme, elle a longtemps hésité entre deux images : la petite fille boulotte, imprécise, indécise qui est devenue mère allaitante, enveloppée, les yeux cerclés de lunettes, et la femme amoureuse, séductrice, mince, au long regard.

Elle embrasse sa mère, remarque qu'elle a mis sa tenue fétiche en crêpe noir, une fleur à la boutonnière, la complimente. Elle la rassure, ne lui dit pas qu'elle s'est enveloppée avec l'âge, même si personne ne le remarque, car son icône a dépassé le réel, et, aux yeux de tous, elle reste éternellement elle-même, longue et fine. L'attitude grave et désinvolte à la fois, lumineuse et ténébreuse, l'air espiègle, perçant, provocante et en retrait, la mère éternelle, le corps gainé de noir, le regard transparent, sur la banquette, sa banquette, son Flore, dans son Saint-Germain, regarde sa fille prendre place sur cette banquette qui est devenue la sienne, et cette table qui lui est réservée d'ordinaire, où elle donne ses rendez-vous.

La fille regarde autour d'elle, remarque un homme qui les observe, le salue d'un air grave, qui dissimule son trouble. Il est toujours là. Un jour, au Flore, cet homme l'avait abordée. Cela faisait des mois qu'il la fixait, sans lui parler, sans lui sourire. Il la contemplait, ainsi, avec attention, l'air fasciné. Et ce regard, bien loin de la gêner, lui faisait plaisir, la flattait, la confortait dans son attitude. Et cet homme, par sa classe, son élégance naturelle, sa distinction, lui plaisait. Puis un jour, alors qu'elle déjeunait avec sa mère, il s'est avancé vers elle et lui a proposé de prendre un verre, elle a répondu, pas aujourd'hui, je suis pressée, donnez-moi votre numéro de téléphone, le lendemain, elle est revenue au Flore, il était là, elle s'est appro-chée de lui, pour prendre un café, ils se sont vus, revus, leur histoire a commencé. L'homme était aussi séduisant que fou, ténébreux, tour-menté, au point de l'étouffer, de l'indisposer. Il disait, je me sens mal, vous êtes trop bien pour moi, je n'y arriverai jamais, il disait, promettez-moi que je pourrai mourir dans vos bras. Un après-midi de collection, il l'a attendue longtemps, elle était en retard, il est parti, elle est allée chez lui, qui lui a dit, sortez, ne revenez plus jamais, puis, restez, je vous aime tant ; elle est partie, elle ne l'aimait plus.

– Alors, dit la mère, tu voulais me voir ?

Comme d'habitude, elle prend l'air de l'innocence, douce ingénue qui se dit fatiguée. Elle a sa manière à elle de suggérer les choses sans les dire tout à fait, avec ce don pour la pose, une façon d'observer, d'incliner la tête, de placer ses jambes, de mouvoir son corps en jetant vers son interlocuteur un regard perçant, sous ses cheveux, démente, immense.

La fille la regarde avec crainte et tendresse. Avec crainte, parce qu'elle a quelque chose à lui demander, quelque chose d'important, d'essentiel et de grave, et elle sait que ce sera difficile, car elle s'engage dans un combat, le plus dur sans doute, elle qui a déjà mené tous les combats. Car ce jour est le jour qu'elle a évité toute sa vie, qu'elle passé sa vie à redouter : celui de la confrontation avec sa mère.

– Ça va, Maman ? Comment tu te sens aujourd'hui ? Tu as mal ? Ta hanche ? Ton genou ?

Au début, c'est la mère qui s'occupe de la fille, nourrisson en demande, enfant, ayant besoin d'être nourrie, protégée, soignée. Puis c'est la fille qui devient la soigneuse de sa mère vieillissante. Elle protège sa mère, s'en occupe, la rassure, comme si sa mère, en prenant de l'âge, devenait sa fille, elle l'accompagne chez le médecin, la regarde avec étonnement tenter une manœuvre de séduction, et lui dire, après, en sortant, du haut de ses soixante-dix-sept ans, « il me plairait bien ». La vieillesse lui pèse et la démoralise, elle ne s'y résout pas.

Et la fille prend en charge toute la douleur de sa mère, qui ne cesse de lui dire, de lui faire comprendre, je suis tellement fragile, prends soin de moi. Et elle fait tout pour que sa mère soit bien, honorée, saluée, récompensée. Si dans une manifestation ou un spectacle, sa mère n'est pas assise au premier rang, elle proteste pour qu'on lui trouve une place qui soit digne d'elle. Sans cesse elle la rassure, elle qui est si inquiète, au sujet de son physique, de sa beauté, de son élégance. Elle fait l'impossible pour lui trouver des ciseaux, au beau milieu d'un cocktail mondain, pour couper ce fil qui dépasse et qui l'horripile. Pour sa mère, elle décrocherait la lune. Pour elle, rien n'est jamais trop beau. Elle organise des fêtes lors de ses anniversaires, avec des photos, des discours, des chansons, de la musique, des festins. Pour les soixante-dix ans de sa mère, elle a donné une soirée dans le jardin de sa maison, avec des tables, des kilims, et des lumières qui clignotent, des châles différents, de toutes les couleurs, disposés sur les chaises, des roses Piaget et des bougies, des micros pour les discours. Elle a passé des journées à tout préparer dans les moindres détails, envoyant des cartons d'invitation avec une fleur différente pour chaque invité, dressant des listes interminables de tout ce qu'il faut faire pour que la fête soit parfaite. Une autre année, elle invente une soirée marocaine, avec un buffet d'accueil, dix pièces par convive, une salade de fruits frais, du thé à la menthe aux pignons, du matériel en nombre, des tables, des chaises Napoléon III blanches, des nappes blanches, des surnappes de couleurs, des serviettes blanches, des assiettes de terre cuite, des coupes de fruits, des verres à thé, verres à eau, verres à cocktail aux couleurs variées, flûtes Parme, du matériel de décoration, de grosses lanternes pour la tente, des lumières, et le personnel, trois maîtres d'hôtel, habillés de pantalons noirs et de vestes blanches, et des cuisiniers. Pour sa mère qui aime les mots, le langage, l'écriture, elle invente des gâteaux avec des inscriptions et des couleurs fabuleuses, un gâteau rose pâle, où il y a écrit « Sonia », un gâteau rose fuchsia où il y a écrit « amour », un gâteau vermillon, « toujours », un gâteau jaune bouton-d'or, « excentrique », un gâteau noir, « divine », un rose foncé, « mère-veilleuse », un rouge, « magique », un jaune citron, « unique », un chocolat noir, « magnifique »... Couleurs, mots, adjectifs, superlatifs : grandes emphases qui décrivent, dans leur démesure, la démesure de l'amour d'une fille pour sa mère. Mots d'amour de la mère à la fille, je t'aime, je t'adore, tu es la meilleure, prends soin de toi. Mots d'amour, de la fille à la mère. Comme s'il fallait tous ces mots pour combler le gouffre d'amour qu'est la mère. Pour les multiplier, elle demande à son frère, qui est musicien, d'écrire une chanson pour elle. Il compose une chanson, évoquant la mère juive, toujours inquiète pour son fils. À sa fille, elle a demandé de préparer un discours, dans lequel elle dit à sa grand-mère, «Si j'avais un jour un vœu à réaliser, ce serait sans hésiter, si je pouvais, rien qu'une journée, te ressembler.»

Puis son discours à elle, «la différence entre les mères juives et les terroristes, c'est qu'avec les terroristes, si on s'y prend bien, on peut négocier». Sa mère inflexible, impassible, qui dit oui, qui dit non, qui décide de tout, qui règne telle la reine-mère sur la vie de sa fille. Et la mère, pour remercier sa fille, devant tous, a sorti de sa poche la petite sculpture de Giacometti que sa fille adore, et la lui donne en remerciement. Théâtrale, elle montre qu'elle aussi sait donner, remercier, et mettre en scène. Comme sa fille. Mieux que sa fille?

— Tu es sûre que ça va, Maman? répète-t-elle, inquiète.

— Ça va, dit-elle. C'est le genou. Il me fait mal depuis qu'on m'a mis la prothèse.

Solide, fière, inquiète. Sombre, exigeante, au point d'être négative. Elle ne supporte pas de vieillir, de perdre sur le terrain de la séduction pure, son arme, son habit de toujours, l'œuvre de sa vie. La beauté, l'élégance, la séduction : la robe, toujours. L'importance de la robe. Sans cesse elle demande à sa fille si elle est belle, si elle est bien, si son habit, son maquillage sont parfaits, si les gens vont la trouver belle, et sa fille la rassure, sans jamais être rassurée.

— Alors, qu'as-tu pensé des essayages ce matin ? demande la fille.

— Un peu lourd, un peu fermé. Ça manque de grâce.

— Je vais te dire ce que je pense, Maman, ce n'est pas la femme que nous cherchons.

La marque qu'elle a créée, la mode qu'elle a inventée sont devenues un mythe. Un empire, avec plus de quatre cents personnes, le seul groupe de mode familial français indépendant, et autofinancé. Ligne fluide, rayures, pulls cravatés, décolletés, fendus, imprimés en trompe-l'œil, strass et slogans, mots écrits sur les pulls, les habits, les sacs, ensembles en velours éponge dessinent les contours d'une femme féminine, sophistiquée, cérébrale, sensuelle. Sa couleur fétiche est le noir, à condition qu'il soit gai : le noir, dit-elle, peut être terriblement indécent quand on le porte bien. Son vêtement préféré est toujours ce costume noir en crêpe froissé avec une fleur froissée à la boutonnière.

Elle adore travailler avec sa fille. Elle aime son intelligence, sa justesse, son goût. La seule personne au monde dont la réflexion l'intéresse, c'est elle. Quand elle a des doutes, des questions, des hésitations, elle s'en remet à elle. Elle fait un essayage et, d'un seul coup, elle s'arrête. Elle appelle sa fille. Une fille, c'est quoi ? dit-elle. C'est quelqu'un qui fait partie d'elle tout en étant elle, qui est sortie d'elle. C'est comme un fil accroché et qui se déplie. Elle voit ce qu'elle est, elle sait ce qu'elle vaut, ce n'est pas une création, une poupée, qu'elle agite, non : elle l'aime objectivement et subjectivement. Physiquement, elle la sait différente, et même opposée à elle, et elle trouve cela intéressant aussi, « sa beauté de pas tous les jours ». Elle, qui n'aime pas la perfection mais l'accident, est contente d'avoir une fille à l'étrange beauté. Elle aime l'étincelle, la provocation, la brutalité de l'accident. Elle est en quête du déséquilibre, de la faille. Marcher sur le fil, aller du connu vers l'inconnu. Chaque jour, elle oscille. Pour elle, rien n'est jamais arrêté. Au commencement, il y a la robe comme un fil d'Ariane, le fil de la création, puis on coupe la robe, on l'essaye, elle regarde si elle se tient, comment elle tombe, elle ajoute, retranche, rallonge, raccourcit, elle ne cesse de la modeler. Rien n'est défini ni définitif. Être artiste pour elle, c'est être funambule : l'équilibre naît du risque du déséquilibre, comme elle aime à le dire.

– Et les cheveux, qu'en as-tu pensé ? poursuit la fille. Est-ce que j'ai envie de cheveux comme ça, je ne crois pas...

– J'ai bien aimé la matière.

– Pour moi, ce n'est pas assez fou. J'aurais aimé des cheveux raides mais pas des baguettes, raides mais avec une texture, tu vois ? Et le maquillage, tu en penses quoi ?

– J'ai bien aimé les paillettes.

– Tu ne trouves pas que ça faisait un peu Boy George ?

– Non, dit la mère en souriant. C'est parce que la fille était tout en noir.

– Est-ce qu'il faut faire toutes les paupières de la même couleur ?

– Si les paupières sont toutes différentes, ça va faire hétéroclite.

– Oui c'était beau, mais il ne faut pas que ça fasse hippie sur le retour, tu vois.

Avec son sens de la formule, et son goût très sûr, la fille fait l'admiration de la mère. Elles se comprennent à demi-mot, sont toujours d'accord sur tout.

Elles ont passé la matinée à faire les essais de coiffure en vue du prochain défilé. Le coiffeur a proposé de laver les cheveux et de les coiffer en les chauffant avec un ballon gonflable, qu'il pose sur les cheveux pour créer de l'électricité statique ; et la maison entière de se mettre en quête d'un ballon. Toute une équipe, toute une entreprise qui travaille sur un cheveu, une paupière, un cil. Quelle importance ?

– On ne l'a pas encore, la femme de l'hiver prochain, dit la mère. On la cherche et on l'attrape dans nos filets. Il faut la trouver, la dessiner. Je ne sais pas encore ce qu'elle sera, j'ai peur, je suis angoissée.

La mode. Le milieu le plus superficiel qui soit, le plus frivole, le plus aléatoire, le plus léger. La mode, le lieu sans signification. Passer des heures à discuter d'une longueur, d'un bouton, d'un pli ; quelle importance ? Chercher, traquer la beauté, mais pourquoi ? Pour quelle obscure raison poursuivre le règne de l'apparence ? Et pourquoi la chercher ? La mode, comme le lieu inverse de la pensée, de la philosophie, comme la plongée dans la caverne sur la paroi de laquelle s'agitent les simulacres que sont les mannequins. La mode, quelle importance ? Puisque tout évolue, tout change en une saison, en quelques semaines, la femme d'aujourd'hui n'est pas celle de demain, celle de demain n'est pas celle d'après-demain. La mode, comme le fleuve d'Héraclite. La mode indomptable, où règne la loi du marché. Ce qui importe, n'est-ce pas l'intérieur d'une personne, son cœur, son âme, qui, elle, ne change pas ? Les mannequins affichant leur beauté, leur jeunesse, leur port de tête, leur style, leur finesse, sont vouées à disparaître, puisque jeunes, elles sont déjà vieilles, vaincues par le temps, leur règne ne dure qu'une saison, et les fleurs aux longues tiges se fanent avant la fin de la journée. L'évanescence de leur silhouette est le signe de l'inconsistance de leur être même. Et pourtant, tout le monde aime le beau, et se tourne vers lui, comme un tropisme, comme une eau à laquelle on s'abreuve. Le beau attire, envoûte et hypnotise. Il donne à voir, à être, à penser. Il élève, il a un pouvoir fédérateur. En lui, tous se reconnaissent et s'accordent. Il est, par excellence, l'universel. Dans ce monde mouvant où tout s'agite, la mode impose l'espace d'une saison un semblant d'unité, de concordance, d'amitié. En elle, tous se reconnaissent.

— Ce matin, tu m'as dit, « t'as déjà fait ça quarante fois dans ta vie ! ». Tu le pensais vraiment ?
— Bien sûr, je le pensais !
Elle considère sa fille avec un mélange d'amusement et d'admiration. Elle n'en revient pas de l'avoir faite. Elle est fière d'elle ; elle la craint, la jalouse et l'adore. Elle ne peut pas se passer d'elle. Il est très rare que sa fille et elle ne se parlent pas au téléphone, le matin et le soir. Même si elles sont au bout du monde, elles s'appellent. Elles ne se voient pas tous les jours, se rencontrer ne leur est pas nécessaire, mais la parole est essentielle. Il y a des moments où elles se disent tout, et des moments où les mots n'ont pas d'importance, c'est juste la voix, comme le

fœtus relié à sa mère par les bruits qu'il entend d'elle, et sa voix lointaine et proche à la fois. La voix, c'est le premier fil qui relie la mère et la fille, le premier contact entre elles, la première relation avec le monde extérieur. C'est la raison pour laquelle nous aimons les chansons. Parce qu'elles nous ramènent à l'archéologie de notre être, dans l'univers fantastique de la gestation.

– Tu sais, Maman, à quel point c'est compliqué et difficile pour moi en ce moment. Au poste que j'occupe, je ne peux pas avoir les fonctions que j'ai, sans en avoir le titre. C'est fondamental, pour développer la maison. J'ai parfois besoin d'imposer des décisions, et j'ai besoin qu'elles soient respectées. C'est pour cette raison qu'aujourd'hui, c'est devenu une nécessité absolue. J'en ai besoin pour avancer. Il faut passer à une autre dimension sinon le futur est compromis. La plupart des marques sont rachetées par de grands groupes, tu le sais.

La mère regarde sa fille, l'air mutin.

– Je trouve ça formidable que tu reprennes le flambeau, dit-elle. Tu sais, moi, j'ai fait de la mode par hasard, ça ne m'intéressait pas de faire une maison de couture, et j'ai envie

33

que ça demeure, que ça s'agrandisse, ça me plaît infiniment, ce que tu fais.

— Tu trouves ça formidable mais tu ne veux pas me donner le titre de présidente.

— La présidence ! La présidence, ce n'est rien, ce n'est qu'un titre.

— Tu sais, Maman, ce n'est pas le titre qui m'intéresse, je m'en fiche des titres, c'est une question d'efficacité.

— Je me suis toujours occupée de tout, j'ai toujours été présente partout, je suis parfaitement capable de continuer ce que j'ai toujours fait.

— Bien sûr, Maman, tu es là. Mais ta santé n'est plus ce qu'elle était, tu n'es plus au fait de tout ce qui se passe, la boîte a énormément grandi, elle s'est développée à un point que tu n'imagines pas, il y a tellement de choses que tu ne sais pas.

— Tu dois tout me dire, je dois être au courant de tout.

— Je te dis l'essentiel, et pour le reste, je te préserve. Je te préserve pour que tu puisses enfin te reposer un peu, voir tes petits-enfants, écrire, faire d'autres choses...

— Je pourrais arrêter, oui. Je partirais m'occuper d'orphelins en Afrique, à certains moments lorsque j'écoute les informations, je me dis que je vais partir. On doit être attentif à ce qui se passe, sinon que vont devenir nos propres enfants ?

– Tu sais bien que je ne veux pas que tu partes, Maman. J'ai besoin de ce titre, pas pour moi mais pour les autres. Pour ceux que je dirige, pour qu'ils me suivent.

La mère lève son regard au ciel, comme si elle rêvait, à nouveau elle s'échappe, biaise, temporise.

– Tu ne me fais pas confiance, c'est ça ? Tu penses que je vais te mettre de côté, que je vais te mettre à la porte ?

– Bien sûr que je te fais confiance ! C'est à moi que je ne fais pas confiance.

– Tu ne te retires pas, tu me cèdes simplement ton titre ! dit la fille en souriant. Ma mère est la reine du monde et une petite gamine pas sûre d'elle.

– Le créateur ne peut pas être autrement, il vit une double vie.

– Le créateur ! Toujours le créateur ! J'en ai marre du mythe du créateur. Tu veux que je te dise ? Tout le monde est créateur, même la mère de famille.

» Et toi, avec tout ce que tu as fait, créé, ce

que tu es aujourd'hui, c'est fou de te voir dans ta mégalomanie. Et en même temps, tu n'es pas sûre de toi pour des bêtises où tu te sens remise en question, où tu doutes de toi, c'est à la fois attendrissant et préoccupant. Si toi, avec tout ce que tu as fait, tu n'as pas gagné cette possibilité de cesser d'avoir peur, alors qui peut l'avoir ?

— Bien sûr, je doute. Je suis d'origine slave, tous les créateurs sont slaves, ils se réveillent, ils disent, j'ai écrit une page, c'est sublime et ils raturent tout, ils jettent la feuille au panier, et c'est ça, la création, tu bois le champagne puis tu jettes la coupe, c'est le côté extrême. Même quand c'est fini et que je trouve ça bien, je me dis, ce n'est pas ce que j'ai voulu dire. Le podium, quand on doit envoyer la première fille, j'ai toujours envie de lui dire, non ! N'y va pas ! Reste en coulisses !

— Ne t'en fais pas, Maman, moi je l'envoie.

— La douleur merveilleuse, c'est indispensable, poursuit-elle. Ça fait partie de la création. Le fait de créer des robes, des pulls, des livres, c'est exactement la même chose, je prends des choses, je les étire, je les balance, je les fais tourner, il faut que je fasse un pied de nez, je dois avoir un humour tel que même avec la petite robe noire, on dise, c'est déglingué, la femme déglinguée, c'est très important, elle peut partir chercher ses enfants. Une beauté qui n'est pas liée à la perfection, à cette image classique de la perfection : voilà la femme que j'invente.

» J'ai mis dix ans de ma vie pour entrer en mode. Jusqu'à ce qu'on me demande partout, aux États-Unis, en Europe, et je me disais, il faut que je continue ou que j'arrête ? J'ai décidé de continuer et, à ce moment-là, j'ai acheté la boutique rue de Grenelle. Mais je n'ai pas changé. Je suis celle que je suis, je suis différente de la femme des journaux, j'essaye de rester moi-même. J'ai longtemps cherché, j'ai hésité, j'ai tâtonné, et puis j'ai trouvé une attitude, une manière de me poser, d'être, qui est différente des autres. J'ai peur de perdre ce que j'ai mis tant de temps à construire, pendant toute une vie.

La fille jette un coup d'œil à son portable qui vient de sonner, voit le numéro de sa fille s'afficher.

– Excuse-moi, Maman, c'est Lola, dit-elle.

Sa fille cadette, la deuxième des trois filles,

lui téléphone. Sa fille l'appelle et tout s'arrête. Sa fille de vingt ans, danseuse, qu'elle vient de faire entrer dans la saga, en la nommant ambassadrice de la marque à New York. Faisant, en quelque sorte, ce que sa mère a fait pour elle, lorsqu'elle avait vingt ans et qu'elle lui a proposé de défiler. Et en même temps, il faut la laisser exister loin d'elle, puisqu'elle et sa sœur aînée sont parties vivre ailleurs. Elle sait, depuis qu'elle est mère, comme il est difficile de couper le lien, car la maternité irréversible fait toujours partie de soi, dans la joie comme dans la douleur.

— Comment va-t-elle ? demande la mère après que la fille a raccroché.

— Elle va bien, Maman. Je suis très contente de lui avoir proposé de travailler avec nous. C'est juste pour elle, et c'est bien aussi pour nous. Nous verrons, c'est peut-être une façon de préparer l'avenir, de prolonger l'histoire. De mère en fille…

— La présidence, les affaires, tout ça, c'est pas difficile, dit la mère. Ce qui est difficile, c'est la maternité : c'est la chose la plus difficile pour une femme. C'est impossible à vivre, être artiste et être mère : tu démissionnes d'être mère, d'être femme, d'être maîtresse, d'être séduisante. Te lever le matin, accompagner les enfants à l'école, aller les chercher. On revient à la robe. Je veux des femmes qui aient des robes pour le jour et pour la nuit.

— Les autres font des robes pour sortir, et toi, tu fais des robes pour rentrer.

— Je veux faire des robes pour des femmes qui vont chercher leurs enfants à l'école, des vêtements qui peuvent être excentriques ou portables, suivant la façon dont on les met, il y a l'art et la manière d'accommoder les vêtements. J'ai aboli les ourlets, je me suis dit que si je fais des robes qui n'ont pas d'ourlet, elles feront partie de l'univers.

— Tu incarnes, nous incarnons quelque chose d'unique qui n'existe plus dans la mode. Même les finales de nos défilés sont devenus une signature. Nulle part ailleurs les filles ne sont aussi joyeuses et vivantes sur le podium. Dans les autres défilés, les filles sont hiératiques, elles ne doivent pas sourire. On ne trouve cette énergie et cette émotion que chez nous. Quand on sort toutes les deux sur le podium, et que les gens applaudissent, c'est comme une déclaration d'amour.

Le défilé, la collection. Paris, dans l'éternel recommencement qui rythme les calendriers aussi sûrement que les saisons. Les femmes apparaissent, exagérées, exhibées, fantasques, virevoltent, se posent et repartent. Ce ne sont pas seulement les filles qui défilent. Ce sont les robes, les tricots, les pulls, les jupes, les pantalons. Les matières, jersey, laine, crêpe, soie, cachemire, flanelle, mousseline. Les couleurs, flamant rose, rouge rubicond, noir, blanc, caramel. C'est elle, la fille, qui met en scène les défilés, avec les mannequins, différentes, drôles, longues, maigres, qui avancent, sur le podium, les unes après les autres. À les regarder de près, aucune n'est vraiment belle, de celles qui représentent la beauté idéale. Traits anguleux, jambes maigres, silhouettes squelettiques, extrême maigreur, effrayante, angoissante, car elle signifie le contrôle, le jeûne, la privation. La beauté, l'insaisissable beauté, où est-elle ? Dans la femme maigre, androgyne, longiligne, ou dans la femme opulente ? Qui le décide, et pourquoi ?

Et elle, la fille, le chef d'orchestre, avant le

défilé, tendue, concentrée, angoissée, qui n'en laisse rien paraître, car elle doit afficher une maîtrise totale. Elle fait la révolution, a décidé de porter la marque dans son aspect le plus pionnier, le plus novateur, le plus effronté. Et la révolution pour elle, c'est de rester fidèle à la tradition. Garder un style, le faire perdurer, tout en étant contemporain. Inventer le futur, tout en restant familiale, et pour cela, introduire dans la famille ceux qui en ont la culture tout en cherchant la nouveauté. Une histoire authentique : leur identité est leur richesse. Le vrai travail, dit-elle, c'est d'arriver à être fidèle à son histoire et à s'en servir pour être contemporain. C'est pourquoi, avant chaque défilé, lors de la répétition, elle galvanise ses troupes et leur transfuse son énergie.

– Est-ce que je peux avoir votre attention ? dit-elle aux filles, dans son micro. Ce qui est important, c'est d'être là. À la fin, vous vous mettez en fond de scène, en bougeant, en dansant. Soyez heureuses. Je veux que vous soyez théâtrales. Et le final : le final doit être fou et c'est à vous de le rendre exceptionnel, marchez toujours décidées, avec allure, cherchez le regard de quelqu'un, souriez-lui, c'est une explosion de féminité, de bonheur, vous pouvez marcher deux par deux, parler entre vous, je veux que vous mettiez l'audience en feu, je veux que partout dans le monde on dise que ce défilé est celui où les femmes sont les plus belles et les plus folles.

» On y va là, s'il vous plaît, on est très en retard, tout le monde se met en place, s'il vous plaît, merci de ne pas passer, je vous donne le top pour la première fille ! Top !

» Un peu plus vite, vous pouvez marcher un peu plus vite, regardez les gens, souriez. Gardez votre attitude, ne marchez pas en rythme sur la musique, si la musique est lente, continuez à marcher vite. Parfait, gardez cet écart entre vous, regardez !

» Non, stop, on arrête la musique, pour le final, ne restez pas les unes derrière les autres, vous pouvez envoyer deux ou trois filles ensemble, je donne le top musique, vous vous baladez partout sur le podium, attention, top !

Concentrées, apeurées, angoissées, les jeunes femmes sourient, l'air timide. Vlada, Masha, Tanya, Alana, Snejana, Bette, Magdalena, Iekeline, Serafina, Agnete, Danijela, Heidi, Kasia, Irina, Arabela, Siri, Kamila, toutes les filles de l'Est font un effort pour être gaies, mais elles sont tendues, elles ont l'air perdu au milieu des vêtements, dépassées par l'agitation excessive et bouillonnante. Sculptées par la mère, mises en scène par la fille, elles sont les poupées magiques qui s'animent l'espace d'un instant sur la scène, où la mère et la fille se rencontrent, étroitement enlacées en leur commune création. Avant chaque défilé, la fille touche la main de la mère, pour qu'elle lui porte chance.

Pour le final, elles sont ensemble sur le podium. La première fois qu'elle est sortie avec sa mère, c'était parce qu'elle ne pouvait plus avancer à cause de sa jambe qui la faisait souffrir, et elle lui avait dit, « si tu veux, je sors avec toi, mais si je le fais, cela aura un sens pour tous, on ne pourra plus revenir en arrière, je ne pourrai plus arrêter, je sortirai avec toi pour toujours ». À chaque fois, elle est étonnée de voir que sa mère, qui a du mal à marcher, à cause de sa hanche, avance sur le podium comme si de rien n'était. Alors que la plupart des créateurs restent au début du podium, elle marche jusqu'au bout et revient, effectuant l'aller et le retour avec sa grâce nonchalante, le sourire aux lèvres. Le public applaudit, elle sent l'émotion de la salle.

Avant de sortir, sa mère lui a dit :

— Qu'est-ce que tu vas mettre comme chaussures ? Pas de talons, j'espère ?

Elle ne veut pas que sa fille paraisse plus grande qu'elle. Sa fille : sa petite, son enfant, son bébé. Comme si elle n'avait pas grandi, comme si elle restait éternellement la petite fille aux cheveux raides et aux grands yeux sombres, perdue dans la perplexité de l'enfance, près de sa mère. Plus tard, sa béquille, sur laquelle elle s'appuie dans ses vieux jours. Sa fille, qui est là pour la soutenir. Son enfant en elle, à jamais, qui est elle. Son appendice, son bras, sa jambe. Sa fille.

— Et l'avenir, Maman ?

— L'avenir, c'est quoi ?

— L'avenir, c'est moi ! Je représente la certitude que ce que tu as incarné et incarne restera. Mon travail, ma place à côté de toi et pas à ta place, c'est l'espoir et le rêve qui ne va pas s'arrêter.

– Tu es devenue essentielle dans le processus, je ne le nie pas.

– Tu sais bien qu'aujourd'hui, c'est moi qui prends toutes les décisions stratégiques. C'est une situation atypique dans le milieu de la mode. En général, il y a le créateur, et l'homme d'affaires, comme Bergé-Saint Laurent. Moi, je ne suis ni un Pierre Bergé ni un Yves Saint Laurent. Je suis entre les deux. Je suis celle qui est censée savoir où la marque doit aller.

– Tu as ta place, j'ai la mienne.

– Avec une mère comme toi, je n'ai pas vraiment le choix, ou je me soumets, ou je deviens quelqu'un d'aussi fort. Souvent on me dit, comment faites-vous avec une mère comme ça ? Je réponds que je préfère mille fois avoir la mère que j'ai eue qu'une autre, moins forte, la différence, c'est que ça m'a pris plus de temps pour devenir moi-même.

– Tu t'es trouvée ! Tu as ta place maintenant. Tu l'as conquise. Que veux-tu de plus ?

– Je me suis trouvée, c'est vrai, mais j'ai mis si longtemps. J'ai passé ma vie à me chercher.

– Toi et moi, nous sommes des femmes qui ont besoin de temps pour s'exprimer, nous sommes plus belles, dans le sens plus nous-mêmes, à maturité.

– Si je me suis fait connaître, ce n'était pas pour moi, c'était parce que c'était vital pour le futur de la maison. J'ai dû prendre cette place que tu ne m'as jamais donnée, parce que, comme tous les créateurs, tu es égocentrique. Je sais que les créateurs sont si sensibles qu'ils ont besoin de quelqu'un qui les protège. Et moi, j'ai passé ma vie à te protéger, à te mettre en avant, à cause de ta fragilité. Je ne m'autorisais pas à sortir ma part de création. À partir du moment où je l'ai fait, il a fallu que je continue, tout en me protégeant moi-même. Mais tu ne me laisses pas la place. Il faut que je me pose, que je m'impose, que je m'inter-pose, tout en continuant à faire très attention à toi. C'est difficile, tu sais.

– Je t'adore pour tout ce que tu fais.

– Je n'ai jamais voulu faire la même chose que toi.

– Tu fais ce que tu veux. Je n'ai pas besoin de te donner le pouvoir.

– Tu ne m'as jamais donné aucun pouvoir, je l'ai pris, et je ne considère pas que je te l'ai pris. Tu n'es pas une donneuse de conseils. Tu ne m'as jamais appris à m'habiller, à me maquiller, à me tenir droite. J'ai le sentiment que tu ne m'as jamais rien appris d'une façon classique. Sauf à lire lorsque tu étais allongée pendant sept mois pour la grossesse de Jean-Philippe. C'est plutôt moi qui t'ai appris les choses, qui t'ai acheté ton maquillage, j'ai été ton initiatrice, je t'ai transmis des choses, de fille à mère, que tu ne m'as pas apprises, de mère à fille.

— Et alors ! Je t'ai laissé ta part de création ! Tu as pris le pouvoir, oui, et tu dis toi-même que c'est dur, que tu as du mal avec ça.

— Je n'ai pas de mal, juste un sentiment de solitude. Je suis bien entourée, mais je suis seule aux commandes.

— Oui, c'est ça le pouvoir. Le pouvoir isole et fait peur.

Elle le sait, oui. Les hommes n'aiment pas les femmes de pouvoir. Est-ce la raison pour laquelle ils ont excellé dans les domaines réservés aux femmes, la cuisine, l'éducation des enfants et même les bébés, et surtout la haute couture ?

— Je sais, Maman. Ça n'existe pas un rapport avec quelqu'un où les relations sont simples, sans ambiguïté. Les sentiments en général sont ambigus, avec les proches aussi, il y a toujours la rivalité. C'est comme ça, les hommes, les femmes les enfants, les frères et les sœurs, c'est toujours complexe. Finalement on est seul, non ?

– Nous on n'est pas seules. On est ensemble, toi et moi. Je t'ai et tu m'as. Personne ne peut nous enlever ça.

Et la fille se dit que c'est vrai. Elle sait maintenant que les maris se détournent et qu'après les divorces, les pères des enfants deviennent presque des inconnus, les enfants s'en vont faire leur chemin, les amis se désintéressent de soi lorsqu'on est heureux, ce n'est pas dans les coups durs qu'on reconnaît les vrais amis, c'est dans les grands bonheurs : c'est là que l'on peut mesurer la valeur d'une véritable amie, si elle se réjouit sincèrement ou si, au fond de son cœur, perce la jalousie. Mais elle a sa mère, et sa mère l'a. Absolument, authentiquement, simplement.

– Regarde, dit soudain la mère en voyant passer un homme qu'elle reconnaît, je suis comment ? Je ne suis pas bien, aujourd'hui. Non, tu ne trouves pas ?

– Tu es très belle, Maman.

Elle soupire, en pensant que sa mère qui était toute-puissante depuis des années ne l'est plus et c'est une douleur pour elle d'envisager la vieillesse de sa mère. En la voyant angoissée, inquiète de son apparence, elle est chagrinée. Elle s'embarrasse d'elle. Elle qui a tant d'amour pour sa mère ne supporte pas de lui faire du mal. Elle essaye de penser à elle-même, à son bonheur, son bien-être, elle tente d'être égoïste, mais elle n'y parvient pas.

– Tu veux que je sois ton Pierre Bergé, c'est ça ?

– Et alors ? J'ai toujours une forte admiration pour les grands hommes d'affaires. Dans le duo Saint Laurent-Pierre Bergé, j'ai plus d'admiration pour Pierre Bergé.

– C'est ce que j'espère devenir, j'ai l'intuition des affaires, tout en étant créative, comme tu dis. Je suis plus dans le rôle masculin de mon père qu'en rivalité avec toi.

Elle regarde sa fille avec mansuétude.

– Oui, c'est fou ce que tu ressembles à ton père.

– C'est pour ça que tu as créé un couple avec moi. Mais dans le couple, je dois rester dans l'ombre, comme Papa. Tu ne supportes pas que je sois connue, ou alors tu ne le tolères que si c'est pour te mettre en avant.

– Comme tu es injuste ! J'ai toujours tout fait pour te mettre en avant !

– Tu es un soleil, et mon rôle consiste à attirer les rayons le plus loin possible, pour te montrer à quel point je suis dans l'abnégation. Je l'ai fait, non ? N'est-ce pas, Maman ?

– Je suis sûre que tu peux faire le travail que j'ai fait pendant des années. D'ailleurs on ne fait pas le même travail. Tu t'occupes de l'image de la marque et de mille autres choses. Je suis seul juge et je juge que tu es capable de faire ce que je te demande. Mais la création, ici, c'est moi.

– Maman, tu es impossible. Tu ne veux rien céder ! Rien du tout.

– Tu veux que je te dise, la vieillesse est une chose terrible, la vie demande tellement d'énergie, de force, et de vaincre tellement de choses pour avancer, pour marcher, pour prendre l'avion, le train, conduire les enfants par la main, faire les courses, tout ce que je faisais avant et que je ne peux plus faire.

» Et le métier que je fais, qui demande énormément d'exercice, je sais bien que je ne peux plus le faire comme avant. Pour fabriquer un vêtement, je me place devant le mannequin, pour coudre des poches, placer une ceinture, un nœud, je me baisse, je m'agenouille, aujourd'hui je ne peux plus rien faire de ce que je faisais seulement cinq ans auparavant, me mettre par terre, me relever, tout ça n'est plus possible. J'ai peur de vieillir, tu sais, ça me révolte. Je me souviens de ma mère, cette femme si belle, si propre, qui faisait tellement de choses, qui nous emmenait voir des expositions, nager à la piscine, marcher dans les jardins et dans les parcs, d'un seul coup elle s'est retrouvée là, dépendante, diminuée, à cause de la maladie.

La vieillesse, la maladie, pense la fille. Cette idée la ravage. Voir sa mère affligée par le temps qui passe laisse entrevoir la difficulté de l'âge. La mère trace la voie, dans ce domaine aussi, l'identification ne cesse jamais. Avec effroi, elle pense à la mort de sa mère. Longtemps elle s'est demandé comment elle ferait pour vivre sans sa mère. Elle en concluait que la vie ne vaudrait plus la peine. La mort des parents est quelque chose de naturel, c'est la mort des enfants qui ne l'est pas. Mais depuis le temps de la vieillesse, sa mère étant devenue sa fille, sa mort est inacceptable, inenvisageable, si on lui demande comment elle réagira à la mort de sa mère, elle se surprend à répondre, « je pense que je survivrai ».

Elle y pense en vérité, envahie par un sentiment de solitude. Quel que soit son rapport à ses amis, ses enfants, ses amours, le lien est si fort, le chemin qu'elles ont parcouru ensemble les a tellement soudées, que le jour où sa mère partira, elle sera seule au monde. Tout ce qu'elle fait dans la vie, elle l'a fait avec sa mère, et ce qu'elle fait dans l'entreprise, elle le fait pour elle, et le jour où la mère ne sera plus là pour voir le dévouement de sa fille, elle ne sait pas si elle le fera avec autant de cœur.

— Je sais, Maman. La vie n'est pas facile. Mon divorce n'a pas été facile pour moi. Je t'ai épargné beaucoup de choses, mais j'ai beaucoup souffert.

Elle a décidé de divorcer, de quitter l'homme qui était son compagnon depuis vingt-cinq ans, avec lequel elle a eu trois enfants. Elle a vu tout ce qu'ils avaient construit ensemble vaciller et s'effondrer tel un château de cartes. Elle a cherché les signes annonciateurs, elle aurait voulu avoir une explication, un sens, un signe que ce n'était pas vrai, pas possible. Elle s'est rappelé ces moments où elle venait d'avoir ses enfants, où grosse, allaitante, fatiguée, elle avait senti la distance s'installer entre eux. Puis ces moments où il avait commencé à partir de la maison, à voyager, à fuir. Ceux aussi où il a détesté ce qu'il préférait en elle, sa folie, son excentricité, son côté imprévisible et fantasque. Et pendant tout le temps du divorce, le cœur chaviré, il a fallu essayer de protéger les enfants, leur parler sans leur dire, leur expliquer quoi? Que leurs rêves sont saccagés? Les rassurer, leur montrer que tout va bien alors que tout va mal. Et cacher au fond de son cœur les torrents de larmes.

– Moi aussi j'ai souffert de tes divorces! dit la mère. Je me suis attachée à tes maris. Ton premier mari est entré chez moi comme s'il était mon fils. À partir du moment où c'était fini avec toi, il n'existait plus pour moi, je n'ai plus voulu le voir, et c'est pareil pour le père de tes enfants, le jour où vous vous êtes séparés, malgré l'affection que j'avais pour lui, c'était fini. C'était comme mes enfants, et d'un seul coup, ils n'existaient plus. Parce que tu souffrais et je ne supportais pas que tu souffres. C'est au-dessus de mes forces.

– Mais ce n'est pas à toi que ça arrive, c'est à moi ! Il faut toujours que tu ramènes tout à toi.

– Je pourrais te dire la même chose. Tu ramènes tout à toi.

Le portable de la mère sonne. Elle prend le téléphone.

– C'est Salomé, dit-elle à sa fille.

– Que veut-elle ? Pourquoi elle t'appelle ?

– Oui ? dit la mère. Qu'est-ce qu'il y a, chérie ? Non, elle est avec moi. Tu veux lui parler ? Qu'est-ce qu'il se passe ? Tu n'es pas bien à l'école ? Quoi ? Tu veux que je vienne te chercher ? Mais oui, bien sûr. Tout de suite, chérie. Mais dis-moi d'abord, qu'est-ce que tu as ?

– Passe-la-moi !

Elle passe le téléphone à sa fille. Décomposée par la détresse de sa petite-fille de douze ans, la voilà prête à tout laisser tomber pour aller la chercher. Et la fille, en la voyant si émue, se souvient, à travers son inquiétude, de la tendresse de la mère pour la petite fille qu'elle était.

– Alors ? dit-elle. Que se passe-t-il ?

– Rien, Maman, ça va. Ce n'est pas facile pour elle, le changement de vie.

Le regard de la mère se perd dans le vague. Elle pense à son propre divorce, à sa culpabilité d'avoir fait souffrir ses enfants, et à sa décision aussi, qu'elle mènerait sa vie de femme, que personne ne lui enlèverait cela, pas même sa fille.

– Tout ce que j'ai fait, je l'ai fait par hasard, le succès m'a débordée. Je n'ai jamais rien pris à personne, et j'ai tout construit par moi-même. Et maintenant, mon travail est devenu toute ma vie. Même si c'est pas ça que je voulais, au départ... Ce que je voulais, c'était...

– Avoir dix enfants ! Je sais, Maman. Tu dis toujours ça.

– Mais oui, dit-elle, je me voyais au bout d'une longue table où seraient assis les dix enfants, le père à l'autre bout de la table, et moi, apportant une grande soupière et servant de la soupe à chacun !

– Voyons, Maman, tu aurais tenu combien de temps ? Deux semaines ?

La mère regarde sa fille, sa fille qui doit trouver sa place, sa fille ambitieuse, si forte. Elle a peur. Peur de sa fille impétueuse et volontaire, peur de la femme sous les traits de la petite fille qu'elle sera toujours pour sa mère. Elle lui confie tout ce qu'elle a construit, lui donne tout, et sa fille ose lui en demander plus, et sa fille la traite comme une enfant. Elle est prête à tout pour elle et elle est très admirative de ce qu'elle fait, elle qui lui a permis d'avoir confiance en elle, et voilà qu'en ce jour, sa fille lui demande de lui céder son titre, sans se rendre compte qu'elle a tout fait avant elle.

— Toi et moi on ne se fâchera jamais, dit la mère. Le lien est vital.

— Bien sûr, Maman. On a souvent essayé de nous séparer, de nous dresser l'une contre l'autre. Plus on est visibles, plus on suscite la méchanceté des autres ; même des amis, et des proches. Personne n'a jamais pu. Et personne ne pourra jamais.

Un ange passe.

La mère et la fille se regardent, s'affrontent, s'aimant passionnément tout en se haïssant en cet instant où il faut céder la place, pour l'une, et accepter de partir, où il faut conquérir son être, pour l'autre, et vivre. Comme le chemin est difficile pour celle qui doit prendre la place de sa mère tout en voulant la protéger. La mère n'arrive pas à se détacher de la fille, la fille ne peut vivre sans la mère, qui tente désespérément de se faire une place, sa place, dans l'espace incommensurable de la mère.

Elle regarde sa mère, l'air décontenancé. Telle la petite fille dans le coin de la pièce, qui tente de se faire la plus mince et la plus discrète possible, elle l'observe.

— Est-ce que tu veux m'aider vraiment ? dit-elle.

Et la mère, impériale, la considère avec aménité maintenant.

— Bien sûr que je veux t'aider. Je te nomme présidente, dit-elle en un souffle. Tu es contente ?

Elle se lève, un petit sourire aux coins des lèvres.

— Et ne crois pas que c'est ce que j'aurai fait de mieux pour toi, murmure-t-elle. C'est un cadeau empoisonné.

La fille regarde sa « mère-veille », comme elle dit, s'éloigner, descendre lentement l'étage du Flore. Le travail l'appelle, elle se hâte, elle déteste être en retard. Autour d'elle, les conversations cessent, les regards la suivent. Au Flore, au milieu des petits cercles, des coteries, on reconnaît la reine de Saint-Germain-des-Prés, celle qui a construit une partie de la ville. À travers elle, c'est une époque qui s'en va, déchue, maîtresse d'un autre temps, c'est la France altière, celle qui n'est plus, qui descend le petit escalier qui mène au rez-de-chaussée. Le tout-Paris la salue et lui tire son chapeau. Ayant transmis l'héritage à sa fille, désespérée de partir, elle s'en va pourtant, à sa façon ; avec panache, avec grandeur, avec élégance, avec tout ce qu'elle est. Le temps passe, se dit-elle. Elle descend les marches du Flore comme un abîme dans lequel elle tombe.

Heureuse et malheureuse, bouleversée, Nathalie reste seule.

Sa mère lui a laissé la place. Sa place. La place de Sonia. Qui est devenue sa place à elle. Le cœur brisé, elle a gagné.

Elle a mis tant de temps à se différencier. Elle a mis si longtemps à se séparer de sa mère.

Elle a sorti sa mère d'elle, elle est sortie de sa mère, mais elle est vide, à présent.

Et elle comprend que sa mère et elle, plus que semblables, sont une. Les hommes sont passés dans leur vie et elles restent ensemble, solidaires, inséparables.

Inséparables. Après tout, après les hommes, les enfants, le travail, après tout ce qui passe dans une vie, il reste la mère. C'est pour elle que nous faisons tout ce que nous faisons. Pour gagner le droit de voir cette petite étincelle dans son regard qui dit, tu es belle. La mère, éternelle, veille sur nous et nous veillons sur elle.

C'est par elle que nous devenons mères, nous les filles. Pour lui ressembler, pour donner à notre tour ce que nous avons reçu d'elle, envers qui la dette est infinie, et qui est la vie. Ce jour-là, en accouchant, nous croyons enfin payer la dette, et extirper la mère de nous. Mais nous ne faisons que la reproduire en devenant mères.

Cela prend beaucoup de temps de se séparer de sa mère : cela prend une vie. Toute une vie avec sa mère. Cela prend du temps de se séparer de sa mère, parce qu'en fait on ne s'en sépare jamais. Même si on croit le faire, en inventant sa voie, en choisissant une vie, un homme, un travail, en ayant des enfants, en les aimant d'un amour fou, on reste la fille de sa mère, jusqu'au moment où on reprend le flambeau, et dans la joie et la douleur, on trouve sa place. Mais même à ce moment-là, on ne se sépare pas. Dans le grand accouchement qu'est la vie, quelle fille est jamais vraiment sortie du ventre de sa mère ?

2.

En face du Flore, à l'angle du boulevard Saint-Germain et de la rue des Saints-Pères, en plein cœur de Paris, se dresse la façade de l'entreprise. C'est un immeuble imposant de cinq étages, monument mythique de la Rive gauche, qui surplombe le boulevard Saint-Germain, et qui abrite les bureaux de presse, de style, de mode, d'accessoires et de bijoux, et les ateliers de création, ainsi que la direction générale. Une centaine d'employés y travaillent. Nathalie a son bureau au quatrième étage, Sonia au cinquième. Même s'il est un étage plus bas, celui de la fille est lumineux, colorié de mille messages et de portraits photographiques ou picturaux, d'elle et de sa mère et d'elle avec sa mère. Celui de la mère, sombre, est rempli de sacs et d'objets qu'elle affectionne, et de portraits d'elle et de sa fille.

Ce jour-là, lorsque Nathalie arrive au bureau, le silence règne. Un mannequin porte un prototype de robe pour la saison prochaine. Juste au-dessus du studio, une dizaine d'employés s'activent dans l'atelier dévolu à la réalisation du prêt-à-porter femme.

À l'accueil du premier étage de la maison, elle salue du regard les trois Sonia sérigraphiées par Andy Warhol. La mère présidente, la mère toute-puissante est là devant elle. La mère mythique démultipliée lui rend son salut, du coin de l'œil. La fille relève le défi ; elle est heureuse, ce jour-là est un jour de victoire. Le jour de son affranchissement, de sa reconnaissance. De sa place, qu'elle a enfin conquise. Un premier jalon posé sur la route qui la mène vers elle-même : la quatrième de couverture d'un grand quotidien vient de paraître. C'est un portrait d'elle. Le journaliste pose judicieusement la question qui la taraude : comment faire cohabiter état civil et ambition professionnelle ? Amour filial et souci d'ego ? Il cite son mari, anglais, qui a pour elle une formule lapidaire : « *She's got bowls.* » Un message qui montre sa fierté d'avoir une femme forte, et peut-être aussi son trouble naissant devant sa nouvelle célébrité, sa montée en puissance. Mais elle le comprend. Les hommes ne peuvent être avec des femmes fortes que s'ils sont sûrs de leur virilité. Elle connaît l'histoire de sa mère avec son père, soudain menacé par la force de cette femme qui travaillait avec lui, et dont elle a divorcé, après son succès, parce qu'il voulait la mettre sous tutelle. Elle et sa mère ont des destins similaires. Comme sa mère, elle a été mère avant de réussir sa carrière. Comme sa mère, elle a eu sa première idée de création lorsqu'elle était enceinte. Sa mère a conçu son premier modèle car elle ne trouvait pas de robe de grossesse qui lui plaisait. Et elle qui cherchait des vêtements pour ses filles a créé sa marque pour enfants. Et dans l'article, il est dit qu'elle a fait ce que sa mère a fait, en mai 68. Une révolution des mœurs.

Révolution ? Vies de femmes… Changées, bouleversées, depuis leur libération, et pourtant, toujours soumises au rythme du temps, des enfants dont elles s'occupent, tout en travaillant pour gagner leur argent, et leur mari, qui les délaisse après l'enfantement, qui les trompe, puis les quitte, et se remarie, alors qu'elles, seules, souvent, luttent contre tout, contre tous, contre la vie qui est dure pour elles, contre le temps qui continue d'avancer, leur faisant le plus terrible outrage. Vies de femmes à courir, sans cesse, de la maison au travail, du travail à la crèche, de la crèche à l'école, de l'école aux courses, et des courses au mari, vies de femmes épuisées, délaissées, profanées, qui ne savent plus qui elles sont, qui n'en peuvent plus, qui n'ont plus le temps de vivre. Vies de femmes entre amour, joie et douleur, accouchements, travail, amis, rencontres, ruptures, divorces, maris pathétiques, amants fougueux et fuyants, enfants, vies de femmes sous le joug de la vie, vies de femmes jamais libérées. Les femmes sont des chefs d'orchestre qui dirigent des deux mains une multitude d'instruments aux cordes dissonantes, qu'elles tentent de marier pour former une symphonie, et si elles s'arrêtent, si elles baissent le bras, la musique devient assourdissante, et les cordes se mettent à crisser. Aux femmes, le temps n'accorde pas de répit ni de pause ; juste le temps d'un soupir.

Vie de Sonia, vie de Nathalie : épouses, mères,

divorcées, amoureuses, amies, travailleuses, femmes. Mère et fille. Et la mère qui dit, dans le papier : « On a passé nos vies collées l'une à l'autre parce que ce n'était simplement pas possible autrement. Entre nous, c'est une sorte de transfert d'énergie. La création, ce n'est pas son truc mais elle a absorbé beaucoup de choses de moi. » Et la fille de répondre, quelques lignes plus loin : « La mode n'est pas un art, c'est un art appliqué, et on n'est pas non plus en train d'inventer le vaccin contre le sida. »

C'est le matin, elle a déjà reçu de nombreux messages de félicitations sur son portable. Mais de sa mère, pas un mot. Et dans l'entreprise, il n'y a personne pour la féliciter. Au moment où elle est enfin heureuse, professionnellement, où sa carrière prend son envol, elle est abandonnée par les êtres qui comptent le plus pour elle, sa mère et son mari. Son mari inquiet de son évolution. Et sa mère, dont la colère froide la glace, la cloue sur place.

Comme c'est difficile de suivre son propre chemin, sans marcher dans les pas de sa mère. Comme le chemin est long, de la fille à la femme.

Mère et fille, un roman

Elle a quitté Saint-Germain, elle est allée vivre ailleurs, a acheté sa maison, loin dans le XIVe, proche de l'endroit de sa naissance, l'a refaite entièrement, à son goût, elle a défini sa vision personnelle, originale de sa vie, de la vie, des choses et de l'esthétique, en y mettant ce qu'elle était, ce qu'elle aimait. Elle n'est plus dans la réplication de la vision de sa mère, et pourtant, elle est toujours sensible à son image dans ses yeux, et dépendante de son regard.

La première fois que Sonia est venue chez sa fille, elle a été stupéfaite. Ce qui était sorti d'elle était différent. Elle avait créé avec son mari quelque chose de beau, d'hétéroclite et de construit, avec des couleurs douces et intenses à la fois, et un bien-être à l'anglaise. Grands fauteuils de cuir brun, portraits de peintres, photographies, petits objets, fauteuils Thonet pour un salon de thé au charme suranné dessinent un univers fabuleux, qui représente le foyer, tel qu'on aime à se l'imaginer. Alors que chez Sonia tout est sombre, d'un noir solennel, presque froid, Nathalie a créé un univers confortable et chaleureux. Un vrai chez-soi, montrant qu'elle se plaît dans le rôle de la femme d'intérieur, de mère, d'épouse. Et, surprise, Sonia a découvert que sa fille était une esthète. C'était violent pour elle. La violence des émotions est faite par l'esthétisme, dit Sonia. Et le jour où Nathalie a vu de l'admiration dans le regard de sa mère, elle a été apaisée, heureuse. Heureuse d'avoir trouvé sa voie, sa vision, qui n'était pas celle de sa mère, elle qui aime le clair, la luminosité, les couleurs opalescentes, douces, bienheureuses, alors que sa mère préfère l'obscurité.

Mère et fille. Semblables et différentes.

Elles aiment les formes robustes, pleines, les fortes assises. Elles ont un goût commun pour la qualité, le bel ouvrage, les choses bien faites. Elles ont toutes les deux envie d'être impressionnées par le travail des autres, elles sont exigeantes et gourmandes de la beauté. Elles sont touchées par les mêmes choses, profondément. Elles disent et pensent la même chose. Sur le plan professionnel, artistique, elles n'ont pas de conflit. Elles sont en accord parfait. S'il faut faire déplacer un logo de deux millimètres, elles le font, d'un regard.

Fortes, toutes les deux. Puissantes, ayant du mal à rencontrer des hommes aussi forts qu'elles. Passionnées, jusqu'à tout donner pour l'homme qu'elles aiment, et la création qui les ravit.

Françaises. La France, c'est leur pays. Elles incarnent sa finesse, sa distinction, son classicisme, même si elles les détournent par la folie, la fantaisie, l'outrance. Terriblement française, Sonia revendique sa patrie. Les couleurs de la France font partie de son univers. Quand elle est entrée dans l'immeuble du boulevard Saint-Germain, elle y a placé le drapeau français. Elle court pour la France, la célèbre, l'enrichit au point de l'incarner. Sur sa table de chevet, il y a Chateaubriand, Flaubert, Boileau, Bossuet ou Montaigne. Paul Valéry, Nathalie Sarraute, Hélène Cixous, Roland Barthes, Georges Bataille l'ont inspirée. Ses robes sont françaises, la femme qu'elle imagine ne peut être norvégienne, russe ou italienne, cette femme de Saint-Germain-des-Prés ne peut être que parisienne, dans sa séduction, sa distinction, son élégance, sa féminité même. Et sa fille, Parisienne parmi les Parisiennes, aime à dire qu'elle prend son passeport pour aller Rive droite, comme si c'était un autre pays. Paris est sa maison, son lieu, ses racines. Elle peut aller n'importe où dans le monde, lorsqu'elle revient de l'aéroport, dans le taxi elle retrouve son cocon. Les avenues, les petites rues, les magasins. Le Flore, théâtre de sa vie.

Juives, toutes les deux. Ashkénazes : tourmentées, angoissées, rigoureuses, jamais satisfaites, doutant de tout, d'elles-mêmes, de leur travail, des autres. Juives dans leur cœur, ayant épousé des hommes juifs à la synagogue. Toutes les deux se sont rapprochées du judaïsme grâce à la plus jeune sœur de Sonia, Muriel, et son mari, Philippe, dont la famille vivait en Israël. Sonia, par amitié pour la mère de Philippe, soutient la maison d'études que cette dernière a créée en Israël. Il y a également une crèche, du nom des grands-parents paternels de Nathalie. Elles veulent participer, s'occuper, faire en sorte d'aider. Elles aiment l'idée de construire en Israël. Pour elles, c'est très important, sur le plan idéal, romanesque, littéraire. C'est quelque chose de constitutionnel, d'essentiel. Quelque chose qui, du sein de leur identité française, loin d'être en contradiction, les dépasse, les étreint, un sentiment qui n'est pas raisonné mais qui fait partie d'elles, intrinsèquement, viscéralement.

Russes. Sonia introduit la folie et l'excès dans le classicisme français. Elle se plaît à évoquer son âme slave, son tempérament d'artiste qui brûle ce qu'elle a aimé, perdue entre les extrêmes, le bonheur et la douleur la plus profonde, la fierté et le doute, l'amour et la haine. Et Nathalie voyageant en Russie retrouve ses racines, où est né son tempérament volcanique, excessif. Lorsqu'on lui propose de trinquer à la vodka, elle ne refuse pas. Les Russes fous d'elle parsèment de roses le restaurant où elle dîne, elle est chez elle, comme si elle rejoignait son peuple, sa famille, ses racines profondes.

Mariées et divorcées. Nathalie a divorcé à vingt-sept ans, et son union de vingt-cinq ans avec son époux est en train de vaciller. Et Sonia a divorcé de Sam, père de ses deux enfants. Pendant dix ans, elle est restée calme, bonne épouse au milieu d'amis avec lesquels son mari et elle partaient en vacances, jouaient aux cartes, avec des enfants du même âge. Puis elle a voulu sortir, voir des hommes, avoir une vie en dehors de chez elle ; mais son mari ne voulait pas. Elle avait des amants, il ne le supportait pas. Un jour, il lui a dit qu'il n'en pouvait plus. Elle savait qu'elle allait détruire ce qu'elle avait construit, ses parents le lui disaient, sa mère ne voulait pas qu'elle se séparât de son mari, cela ne se faisait

pas, cela ne se pouvait pas ; mais c'était plus fort
qu'elle. Elle ne pouvait pas passer sa vie avec cet
homme qui ne parvenait pas à la rendre heureuse. Elle avait tout ce qu'une femme peut dési-
rer, des enfants, un mari qui la protégeait, mais
elle sentait confusément qu'il lui manquait cette
chose qu'elle ne connaissait pas, entre violence
et douceur, cette chose finie et infinie, sublime et
dérisoire, et, cherchant l'amour, elle a joué avec
les hommes, à être provocante, dans sa manière
d'être, de se poser, de regarder, de voir ceux qui
la regardent, de juger s'ils ont envie de la regarder ou pas, de faire tout ce qui est en son pouvoir pour attirer leur attention. Elle a réussi, les
hommes l'adoraient, l'emmenaient en voyage,
dans des villes et des vies d'ailleurs, ils ont nourri
sa pensée, sa création et son être. Elle a mené sa
vie d'artiste, d'artisan, de travailleuse, et son travail s'enrichissait de tout ce qu'elle vivait, et de
tout ce qu'elle voyait. Elle a accepté d'être ce
qu'elle était, d'être reconnue, d'être aimée et
d'être aimable. Elle a rempli sa vie sans avoir
jamais le temps, dans une multiplicité de rôles,
et chaque discipline nourrissait l'autre, la maternité la révélait à elle-même, et lui donnait envie

d'être amoureuse, le fait d'avoir des amants l'inspirait pour son travail.

Semblables, oui. Semblables, et différentes. Physiquement, elles ne se ressemblent pas du tout, au point qu'on a du mal à les prendre pour mère et fille. Souvent, dans son enfance, les gens croyaient que Muriel, la plus jeune sœur de Sonia, qui a dix-huit ans de moins qu'elle, était sa fille car elle était rousse, et elle lui ressemblait beaucoup, alors que Nathalie la brune a l'air presque orientale.

La fille a besoin de rire, la mère a le sens du tragique, et une propension à tout dramatiser. Plus de rigueur pour la mère, ouverture et mélange pour la fille. La mère a le goût de ce qui n'est pas parfait, de ce qui n'est pas achevé, terminé, qui laisse place à l'anarchie, la folie. La fille a un grand besoin de confort, de rigueur, d'ordre. La fille, en quête d'authenticité, la mère, menteuse, enjoliveuse, biaise, aime les trous, les fentes, le flou. Elle ne dit pas la vérité, parce que le créateur, dit-elle, raconte tout le temps des histoires, il n'est pas tout droit, et la création, c'est le mentir-vrai. Elle se plaît à répéter que la vie n'est un roman que pour ceux qui la romancent, que la vie, comme les robes des femmes, a des trous et des fentes, et qu'il faut s'organiser, que les femmes ne savent pas comment va se passer la journée, tout est difficile pour elles, d'autant plus quand on décide de partir quelques jours et de laisser ses enfants, pour aller voir son amant... Sonia, la séductrice, a toujours eu beaucoup d'hommes dans sa vie. Pour elle, les hommes, c'est comme trois gâteaux qu'on a envie de manger en même temps, trois livres qu'on lit à la fois, il y a une espèce de folie, de bien-être, à en avoir plusieurs. Avec un amant dans chaque port, un à New York, un à Rome, un à Paris. Pourquoi renoncer à tous ces plaisirs ? dit-elle. À ces milliers de tentations qui font naître des millions d'idées ? Elle aime le jeu de la séduction, la folie, la beauté du sexe, le fait de recommencer, la violence, la tendresse, la faim, la mise en scène, le quotidien et l'extraordinaire. Elle aime être amoureuse, elle a besoin de cet état de grâce, de ces élancements paroxystiques qui la mettent hors d'elle, qui la construisent, la déconstruisent, la reconstruisent. Les hommes inspirent sa création, le délire amoureux est un délire créatif. Sans lui, elle se perd.

Elle a vécu toutes les vies. Elle a eu une vie

multiple, pleine, au moment où elle était le plus créative, où, remplie de désirs, elle aimait faire des robes et faire l'amour, les hommes l'ont confortée dans ce qu'elle faisait. Admiratifs, amoureux, ils avaient confiance en elle et lui donnaient envie de créer. Il y a eu des moments où elle a eu jusqu'à cinq hommes dans sa vie, à en perdre la tête, à acheter cinq cartouches de cigarettes à la douane, et à se tromper de destinataire, offrant des Marlboro au fumeur de Dunhill et des Lucky Strike au fumeur de Marlboro.

Et tout ce qu'elle touchait était de l'or, et tout ce qu'elle faisait était juste et intéressant. Elle a trouvé ainsi sa manière de créer, d'inventer sans retenue, elle n'avait pas de limite, elle était hors champ. Tout lui était permis, alors elle a fait la révolution, elle a mis les coutures à l'envers, elle a supprimé les ourlets, elle a inventé la «démode», abolissant le cours du temps dans l'éphémère, elle a imposé son style, étrange, fantasque, elle avait tous les droits. Les hommes lui ont permis d'être ce qu'elle est devenue, lui ont donné de la force en lui disant qu'elle était la plus belle, la plus intelligente, la plus drôle, la plus maligne, qu'elle pouvait tout. Dans sa vie de femme, elle a toujours eu quelqu'un qui l'appelait le matin pour lui dire, tu es la plus belle, et cela lui donnait l'énergie de déplacer les montagnes. Lorsqu'un homme la regarde avec les yeux de l'amour, elle peut tout faire. S'occuper des enfants et créer, faire les courses au supermarché et produire des œuvres inouïes. Rien n'est possible quand l'homme qui est à vos côtés vous déteste, vous délaisse, vous méprise. Tout est possible sous le regard de l'homme amoureux.

Depuis trente ans qu'elle est avec le même homme, elle vit d'autres aventures, elle en a besoin. Elle dit que c'est ce qui la tient, elle est double, une Gémeaux, si double qu'il est difficile de savoir qui elle est vraiment. La vie est composée de morceaux, dit-elle, et elle a adoré en vivre chacun, sa vie de femme mariée, de mère, de maîtresse, d'artiste, et sa vie de femme fatale.

Nathalie, elle, n'est pas menteuse. Alors que sa mère est libre, elle n'est pas délurée. Elle ne se fait pas confiance sur ses possibilités de séduire les hommes. De l'amour, elle a connu les plus grands bonheurs et les plus grands malheurs. Elle n'a pas toujours eu quelqu'un qui l'appelait le matin pour lui dire qu'elle était la plus belle. Plus amoureuse que séductrice, elle a aimé à la folie, mais souvent avec un sentiment de faiblesse et d'impuissance. Avant la mort de son père, elle a vécu des amours malheureuses, tourmentées, masochistes. Puis, quand elle a quitté son premier mari, elle était sûre qu'elle resterait seule toute sa vie. Trois mois après, elle rencontrait celui qui deviendrait le second. Elle a mis du temps à comprendre que l'autre n'était pas là pour combler ses manques, à renoncer à la fusion, à découvrir dans l'amour et la relation à l'autre une forme d'égalité. Et à présent que son couple vacille, elle a peur, à nouveau, d'être seule.

Dans la pénombre de l'hiver matinal, Sonia prend un café en attendant sa fille. Elle vient de terminer les essayages. Encore une collection, se dit-elle. Encore un hiver. Bientôt l'été. Tous les six mois, c'est le changement, tout dure le temps d'une saison et après, il faut repartir, à nouveau. Le printemps, l'été. De nouveau, l'hiver. L'hiver qui emporte l'été et le détruit ; à chaque fois, recommencer ; le mouvement même de la vie.

Elle pose une question à César : « Si je te donnais cent robes, est-ce que tu partirais à la recherche de femmes sublimes pour les leur offrir ou ferais-tu une compression pour leur élever un monument devant le musée de la Mode ? » Est-ce qu'elle fait de l'art ? Est-ce que l'art est éphémère ? Elle n'est pas éternelle, la robe. Mais rien n'est éternel.

Elle pense à une robe nouvelle, aérienne et festive avec une couleur allant du rose au rouge, qui suggérerait et cacherait le corps avec des bretelles couvertes de roses, une robe évoquant la beauté gracile des nymphes qui dansent au clair de lune, une robe prometteuse de mille et une passions, une robe qui vibrerait. Elle croit dans l'importance de la robe, dans la transformation de la personnalité à travers l'apparence. La robe révèle à l'homme la femme qui la porte. À travers la façon dont on s'habille, on dit tellement de choses sur soi. Les vêtements sont une grammaire qui dessine les contours d'une langue qui n'est pas celle de notre moi, de notre intériorité, mais celle que l'on veut lui donner, ses rêves, ses aspirations et, plus profondément, de l'image que l'on a de soi. C'est-à-dire du regard de la mère enveloppant le bébé, ancien fœtus habillé d'elle. Le premier regard, le seul, l'unique.

Rares sont celles qui n'accordent pas d'importance à leurs vêtements. Même celles qui se revêtent de vieux pulls et de jeans se jettent un bref coup d'œil dans le miroir le matin. Celles-là, qui ont un rapport difficile, voire haineux à leur corps, n'ont certainement pas été choyées par une mère enveloppante. Elles ne s'aiment pas, elles n'ont pas beaucoup de considération pour elles-mêmes. Elles ne se trouvent pas belles, même si elles le sont. Elles vivent, évanescentes, dans l'oubli de ce corps qu'elles considèrent comme une enveloppe charnelle dans laquelle leur âme et leur cœur s'empêtrent, sans comprendre qu'il en est l'expression la plus pure et la plus importante. Celles qui, au contraire, attachent une importance démesurée au vêtement, au point de devenir des « victimes de la mode », courent toujours magasins et boutiques car elles doivent être à la pointe. Celles-là, les narcissiques, n'ont de cesse de se regarder dans le miroir et de s'apprêter, amoureuses d'elles-mêmes et de leur corps vêtu. Elles se trouvent belles, s'aiment, et, par-dessus tout, aiment se parer. Il y a celles qui s'habillent en dame, en bourgeoise, voulant affirmer un statut, pour pallier la défaillance, la faille de leur psychisme. Il y a celles qui se glissent dans les peaux des petites filles alors qu'elles sont des dames, et qui signifient par là qu'elles sont encore des enfants. Il y a celles qui s'habillent d'une façon exagérément provocante, montrant leur corps à travers leurs habits, comme un cadeau offert à tous. Elles sont généreuses en amour mais si peu sûres d'elles dans le fond. Il y a celles qui cachent leur peur de plaire, car un jour elles ont trop plu à un homme qui les a abusées. Celles-là redoutent d'être belles.

Pour toutes ces femmes, le vêtement est une personne. Il y a des pulls sans innocence, il y a des robes excessives, il y a des talons qui brisent des cœurs. La robe au pouvoir érotique permet d'être libre, de défier le monde, le temps, la vie. Cette robe, Sonia l'écrit, à l'aide de sa vie, de ses intuitions, ses voyages, ses amours, de tout ce qu'elle a retenu, absorbé, écouté, tableaux, peintures, photographies, ballets, livres, retranscrits dans les plis, et les doutes aussi, qui sont la trame du tissu, de ces couleurs nées des fleurs de tous les pays du monde, et de tous les hommes qu'elle a rendus fous.

Elle coupe, demande à la fille de se tourner, arrange la boutonnière, enlève la fermeture Éclair, ouvre les manches, arrondit le décolleté, concentrée, comme si c'était la chose la plus importante au monde. Assise par terre, elle observe, un sourire flotte sur ses lèvres, en état de grâce, cette robe caressante qu'elle appelle «la frôleuse». Cette robe qui raconte l'histoire de la femme, cette femme qui possède le pouvoir suprême, celui de porter l'enfant et de le mettre au monde, ce qui la plonge dans des affres et des doutes, des torrents de bonheur et des abîmes de perplexité. Elle a en tête l'image d'une femme qu'elle appelle «la nomade», maquillée, dessinée, aristocrate, et qui, repoussant son masque, devient fatale, fait semblant d'être douce, apparaît somptueuse, éblouissante de couleurs, magnétique, sauvage. Elle imagine cette robe perpétuellement, car sans elle il n'y a pas de séduction, pas d'amour, pas de vie. Investie des secrets ancestraux de la femme, la robe représente toutes les femmes depuis la nuit des temps. Sonia a l'instinct de la lumière, pour accomplir à sa façon la suite de la saga, la grande geste de la robe, pour abolir le temps, pour qu'il ne soit que fantasme : elle aime le

faux, le maquillage, le mensonge, le travestisse-
ment de la vérité, le signe, la couleur dont elle
connaît les arcanes, le rose qui donne de l'éclat,
le noir qui cerne, estompe, creuse et approfon-
dit, ce noir qui n'est jamais noir mais qui porte
en lui une gamme chromatique, elle l'adore, le
blanc insaisissable, le rouge de l'imposture et de
l'éclat, et le rouge délicieux de la poudre des
joues. Et de toutes les couleurs arrangées, elle
fait naître la rayure pour la femme, pour dire les
interstices, les tranches, les traits dans lesquels
les vies des femmes se dessinent, les strates, les
failles, les superpositions.

La lumière est sombre. Les murs et la moquette
soyeux. Elle aime l'ombre, comme Giacometti,
qui travaillait toujours dans l'ombre, car il cernait
plus ses dessins et ses sculptures. L'obscurité
l'apaise et la calme. Dans la lumière, elle voit
trop. Car elle remarque tout, chaque détail,
chaque chose, chaque être. Trop voir, tout le
temps, fatigue, c'est comme un poids sur ses
épaules fragiles et fortes à la fois.

Assise devant son bureau aux mille portraits,
aux petits objets, poupées, carnets, gris-gris, elle
pense à une robe portée un soir d'hiver à Venise,
une robe qui laissait voir ses épaules, et ses

jambes allongées de talons aiguilles, cette robe qu'elle a enlevée pour l'homme qu'elle aimait, et attachée autour de ses reins. Et de là est née l'envie d'aimer, de raconter, d'écrire, d'amour et de beauté, dans le sillage des grands amoureux, Musset, George Sand, Chopin. Elle a dîné au Harry's Bar d'un risotto, avec un bellini, c'était après l'amour. Elle n'avait pas envie de dormir. De vivre, oui. Vivre les moments les plus extraordinaires de la vie. Ceux où, comme par magie, l'espace d'un instant, deux êtres se regardent. Elle était fascinée par cet homme qui avait du pouvoir ; elle ne pouvait tomber amoureuse que des possédants, des hommes puissants, ou des gros, des corpulents. Elle a puisé dans cette rencontre un souffle nouveau, une respiration telle qu'elle confondait la robe, le pull, le travail, et l'amour, car cet homme, en l'entraînant dans ses bras, lui donnait la force de créer. Il l'a découverte, elle qui était en position d'attente, de réception, il avait ce pouvoir de l'emmener vers elle-même, pour accomplir ce qu'elle devait faire, qui était compliqué, difficile, violent, et aussi plaisant : la création. Et l'amour comme une naissance, l'acte sexuel comme un rituel, ne la laissaient jamais rassasiée, je t'aime, disait-elle, et c'était à l'amour qu'elle parlait en même temps qu'à l'homme, et à la création aussi, qui n'est pas autre chose que la vie, l'homme et l'amour.

Elle pense à ce cimetière à Venise, sur la lagune où les mots évoquent la mort de l'artiste. Là sont enterrés un danseur, un acteur, un écrivain. Elle pense à la mort. À sa mort. Où aimerait-elle mourir ? Loin ! Loin d'elle, cette idée détestable. Elle est ici, vivante. Dans son bureau, aux commandes de son empire, personne ne peut l'atteindre. Intemporelle et sublime, dans l'éternité de sa création, et de la temporalité qu'elle a sublimée. Mystique. Lorsqu'elle écrit, elle remplit des cahiers de brouillons, de ratures, elle barre, recommence, pour trouver la balance, le rythme, ce qui coupe la phrase, la fait vaciller, la déglingue d'une façon intéressante. Elle cherche la phrase « de pas tous les jours. » Quand elle écrit, elle est en transe, en ravissement, comme lorsqu'elle boit du champagne ; comme lorsqu'elle arrive dans un hôtel avec l'aimé et qu'il la déshabille ; comme lorsqu'elle fait une robe et que cette robe est exactement ce dont elle a rêvé. Dans ces moments, elle est heureuse. Être mystique, c'est se mettre dans cet état. Et elle a cette capacité de se déplacer dans une folie, de passer d'état en état, de se réveiller en pensant que tout est beau, et deux heures après, se noyer dans le profond désespoir. La création la place sur ce chemin, dans ce lieu où elle est entraînée, malgré elle, vers un idéal qui l'emporte et l'envoûte tel un derviche tourneur. Comme l'amour, qui soudain fait vibrer d'une façon différente et voir la vie comme un film fantastique.

Elle s'évade, son esprit vagabonde de ville en ville, toutes les villes de sa vie, New York, où elle a vécu avec le metteur en scène italien, happée par la politique, le bouillonnement des idées, les musées, SoHo, les boutiques, les antiquaires, les grands magasins sur la Cinquième Avenue, où elle faisait ses achats, des barrettes, des petites choses. Le jazz, les hôtels, le Carlyle, l'Algonquin. Et tous les quartiers où elle ressentait la présence des écrivains, qui y avaient vécu, qui y avaient travaillé, qui y avaient aimé et senti tout ce que les créateurs ressentent, un peu plus fort que les autres, et vu tout ce que les autres ne voient pas. Donner à voir, donner à être, donner à aimer. Tel est le pouvoir du créateur, qui ne cesse de donner et de se donner à travers son don, entièrement, totalement. Ce n'est qu'à cette mesure qu'il est capable de créer.

Et Paris, la ville qu'elle préfère, parce qu'il y a le bois de Boulogne où elle a fait du patin quand elle était petite, le parc Monceau, les musées, les quartiers, les rues, les grandes avenues. La sienne. Boulevard Saint-Germain. Ses quartiers, sa maison, ses magasins, ses bureaux, son Flore. Qu'elle quitte, parfois, pour mieux les retrouver, vers un endroit de rêve, avec un homme qui la conduit, des chocolats, des cahiers et des crayons neufs.

Une artiste. Elle a mis longtemps à conquérir et à accepter son statut. De créatrice, d'écrivain, de designer, de dessinatrice. Une artiste, avec une vie d'artiste. Dans la folie et dans la solitude, elle ne travaille jamais dans son bureau, elle n'y dessine pas, elle fait des essayages, donne des interviews, mais le vrai travail, la mode, l'écriture, elle le fait dans son lit, sur son lit, seule. Une artiste, n'en déplaise à sa mère, qui voulait qu'elle fasse des études, et à son père, qui désirait le meilleur pour ses filles. Sa mère, si belle et si gaie, emportée par la vieillesse et la maladie. Son père, mort tragiquement, dans l'incendie

d'une maison de vacances. Elle garde en elle,
enfouies et tues, toutes les douleurs silencieuses
de la vie.

Nathalie entre dans le bureau tamisé de sa
mère. Sur la pointe des pieds, telle une danseuse, pour ne pas se faire remarquer, comme
quand elle était petite fille, dans la boutique de
sa mère, à la regarder, fascinée, pendant des
heures. Et à présent qu'elle est là, dans la pleine
lumière de la reconnaissance, depuis qu'elle a
fait la photo pour le parfum, que son image
a été exposée sur d'immenses panneaux dans
tout Paris. Après ce fameux rendez-vous avec le
directeur artistique qui allait concevoir la campagne de publicité pour le parfum. À Nathalie
qui voulait une image forte, il a répondu, « tu ne
vois pas que cette image, c'est toi ? ». Et à ce
moment précis de sa vie, elle a su qu'elle allait
balayer toutes les impossibilités, qu'elle serait
l'image de ce parfum, que toutes les pièces
du puzzle de sa vie se mettraient enfin en place,
elle allait changer. Être elle-même. Devenir
femme. En finir avec les doutes, les incertitudes,
le manque de confiance en elle. Elle est partie

avec sa photo à New York, elle a déjeuné avec la directrice d'un magazine influent, une autorité dans le domaine artistique new-yorkais, qui lui a conseillé de revendiquer son identité, de dire qui elle était. La photo était son miroir, tout ce qu'elle n'avait pas osé dire d'elle-même. À travers l'image, l'imago s'est constituée, celle de la femme séduisante et belle qu'elle n'avait jamais osé être. C'était comme si elle était entrée dans une nouvelle phase de sa vie. Comme si, avant, elle était en veilleuse. Il y avait un couvercle, quelque chose qui l'étreignait, qui l'éteignait, qui la déprimait presque, et soudain, tout a commencé pour elle. Son histoire, l'histoire de sa famille, son inscription dans la continuité, pour préparer le futur, entre tradition et modernité. Et lorsqu'elle a vu son visage sur les murs de Paris, dans les magazines et les journaux, elle a commencé à se regarder, à s'aimer, se trouver belle, prendre confiance en elle, quelque chose s'est ouvert en elle qui n'allait plus jamais se refermer. Elle a appris chaque jour à s'affirmer sans arrogance, à imposer son point de vue en essayant plutôt de convaincre que de dominer, tout en se faisant respecter. S'aimer, enfin.

À cette époque, l'entreprise était endormie, la

marque était assoupie, et les groupes concurrents prospéraient. En devenant l'égérie de son entreprise, elle affirmait son identité familiale. Elle avait commencé, il fallait poursuivre. Elle ne pensait pas à la libération des femmes. Elle disait que le féminisme avait changé le destin des femmes, mais une femme amoureuse, aussi libre et indépendante soit-elle, aura toujours son portable à portée de main, à attendre qu'il sonne, à sursauter à chaque nouveau message. Elle n'était pas intéressée par le scandale ni par la contestation. Ce qui la motivait, c'était de faire reculer les peurs. Et aussi, rendre les femmes un peu plus épanouies. Elle aurait voulu donner des outils à ses filles pour qu'elles deviennent plus rapidement elles-mêmes, pour éviter toutes ces années de doute, de tourments, par rapport à la famille, au judaïsme, et qui elle était, elle qui ne se sentait pas bien, jamais à sa place, qui se cherchait. Elle se disait que l'épanouissement, pour une femme, n'était pas seulement lié à un bâton de rouge à lèvres. Que la sécurité permet de grandir mais si l'on n'est pas apaisée, rassurée, aimée, il est difficile de trouver le chemin de sa vie. Pour la femme, il n'y a pas beaucoup de temps, et tellement d'obstacles. Malgré la libération des mœurs, et malgré tout ce qu'en disent les journaux, beaucoup de femmes ne connaissent pas le plaisir sexuel.

Alors elle refait l'histoire de son époque, à sa façon, elle libère les femmes. Elle veut leur faire plaisir, avec des cadeaux, des pulls en cachemire, des fourrures, des bougies, des objets légers mais durables qui s'inscrivent dans l'histoire du temps, et fait d'une boutique qui devait être vidée, rue de Grenelle, un lieu intemporel, contraire à l'éphémère, et contraire à la mode ; qui est le lieu devenu le plus à la mode à Paris. Elle cherche des formes indémodables, rassurantes pour la femme, des objets doux, luxueux et régressifs, des nounours, des poupées, pour réconcilier les extrêmes. En Angleterre, où elle allait souvent, car son mari était anglais, elle avait découvert, dans les boutiques des bas-fonds londoniens, les phallus vibrants qu'elle appela les « *sex toys* ». Loin du féminisme, elle les trouvait drôles, ludiques. Loin de toute vulgarité, elle transforme cet objet tabou, objet bizarrement conçu par les hommes pour les hommes, en objet quotidien, chic, luxueux, féminin. Elle le rend beau, drôle, joyeux, elle l'immisce dans la vie quotidienne. Et décide de raconter cette histoire en plein cœur de Paris, à Saint-Germain-des-Prés, dans la nouvelle boutique. Elle choisit des vendeuses qui ont de la classe et de la distinction, et qui ont envie de jouer ce jeu, expliquant le fonctionnement des godemichés, avec élégance. Elle abolit la honte.

Et lorsqu'enfin elle se rend dans le bureau de sa mère pour lui dévoiler son projet, elle voit dans ses yeux un mélange d'excitation, de compréhension, et d'étonnement.

– Il n'y a que nous qui puissions le faire, justement parce que nous incarnons une certaine idée de la femme, de la mode, de l'élégance, dit-elle. Quelqu'un d'autre, cela aurait été vulgaire. Il y a tellement de femmes qui ont réussi à obtenir tous les signes de leur indépendance et qui sont profondément seules, voilà ce qui reste à conquérir. La boutique sera juste à côté de la boutique enfants : la femme c'est la mère et celle qui s'amuse.

Puis, juste avant l'ouverture, elle réunit tous les employés de la maison, et lorsqu'elle dévoile son projet, c'est le scandale. On lui dit qu'elle va tuer la marque, que c'est dégradant, elle demande qu'on lui fasse confiance, elle est sûre de ce qu'elle fait. Sa force, c'est son instinct, son sens de l'air du temps.

Et elle réussit à faire quelque chose d'inédit, d'inouï. Et elle a une presse mondiale. Et il y a son portrait dans le journal. Le premier coup de projecteur qui souligne, qui la met en valeur, s'intéresse à elle, pas à la fille de sa mère. Qui la crée, telle qu'elle est, telle qu'elle sera désormais.

Forte d'elle-même, de son statut, de son image, intéressante dans le regard des autres, sulfureuse, elle se trouve belle à ses propres yeux, et aimée par l'homme qu'elle aimait depuis si longtemps. Un jour, elle a levé les yeux vers lui, lui a dit, « C'est vous », et lorsqu'il a posé son regard sur elle, elle était si émue qu'elle ne pouvait pas le regarder. Ce premier échange où l'on se demande si l'autre ressent la même chose, sans oser y croire. De déjeuner en déjeuner, ils se sont vus, elle ne savait pas pourquoi il n'allait pas plus loin alors qu'ils se voyaient si souvent, elle ne comprenait pas pourquoi il y a des hommes qui montrent que les femmes leur plaisent sans jamais faire un geste pour les séduire, de déjeuner en déjeuner, et ces dîners où lui parlant, l'écoutant, les yeux dans les yeux, il ne faisait rien pour l'approcher, et les années passaient, elle le revoyait, jusqu'au moment où elle lui a tout raconté, la foudre qui s'était abattue sur elle lorsqu'elle l'avait vu la toute première fois, et lui a dit, je n'ai pas la force de revivre ce que j'ai vécu, je veux bien déjeuner avec vous, mais dans un endroit où on sera seuls, il n'y aura personne d'autre que vous et moi, je ne veux plus vous voir comme avant. À Paris, place des Vosges, elle lui raconte tout, et combien elle a été amoureuse, et il lui touche les cheveux et lui dit, comment je vais vous revoir, et puis, je ne peux pas vous embrasser, il y a des témoins, et lorsqu'il la rappelle le soir, elle croit qu'elle va défaillir, s'évanouir, mourir, et il y a ce rendez-vous, après une réunion au bureau, elle n'a jamais eu aussi peur de sa vie, dans ce taxi qui l'emmène vers lui comme son destin, elle est dans un état d'angoisse et de tension insoutenable, il l'attend, dans une toute petite chambre, ils s'allongent sur le lit, parlent pendant deux heures, il l'enlace, l'embrasse.

Et elle qui pensait être le contraire de sa mère, qui avait toujours cru qu'elle ne plaisait pas aux hommes, qui avait tant de doutes, a vécu ces moments où, par amour pour un homme, elle a été capable de décrocher la lune, où tout devient secondaire dans la vie, ces instants de passion, qui soulèvent le corps et gonflent le cœur d'orgueil et de compassion pour le monde entier. Elle a été aimée par un homme qui était tout pour elle, cet homme à qui elle a dit, je ne veux plus vous voir comme avant ; et pendant un an, le monde entier tint à un fil, au fil ténu de la passion, c'est une histoire d'amour comme toutes les autres, qui se termine, comme toutes les autres.

L'immense Sonia, avec ses cheveux rouges, lève les yeux de l'article dans le journal, regarde sa fille, qui se tient devant elle, le cœur battant. Sa fille attend sa réaction, son jugement, son verdict. Le mythe vivant, écrasant, immense, sempiternelle mère, maternité qui n'en finit pas.

Assise, l'air sévère, elle considère sa fille avec tendresse et avec crainte. Avec tendresse, en pensant à son divorce, son mariage, ses enfants, son travail. Elle la voit s'épuiser à la tâche, elle a envie de lui dire qu'elle doit prendre du temps pour elle, qu'elle ne doit pas tout sacrifier à la vie professionnelle, elle a peur pour elle.

Avec crainte. Une vipère nourrie en son sein ? Elle qui a voué sa vie aux femmes, qui a développé des amitiés féminines très importantes, des amitiés amoureuses, des relations sororales, elle qui aime ses sœurs à la folie, unie à elles comme les cinq doigts de la main, se sent menacée par sa fille. Elle ne supporte pas que sa fille vive sa vie hors d'elle. Lorsqu'elle s'est mariée pour la seconde fois, elle l'a rappelée à elle, ramenée dans son giron, sous son aile, dans son antre, son ventre, en proposant à son gendre de venir les rejoindre dans l'entreprise pour que son gendre ne lui prenne pas sa fille ; sa fille qui est sa vie.

— Dire que la mode n'est pas un art, dit Sonia, c'est dire que je ne suis pas une artiste ?

— Et alors, c'est vrai, non ? La mode n'est pas un art, c'est un art appliqué. Et toi, tu es l'artiste de toi-même, l'artiste de ta vie. Tu incarnes le mythe du créateur, tu es phénoménale comme actrice. Ce que j'admire le plus en toi, c'est d'avoir créé un style qui dure. Mais je ne te considère pas comme une artiste ; plutôt comme un personnage d'artiste... Et toi, Maman, tu as dit que j'étais créative mais pas créatrice.

— Et alors ? C'est pas vrai ? dit Sonia. Est-ce que tu as eu une idée par toi-même ? Même les *sex toys* ! Rappelle-toi, quand tu étais enfant, la première fois que j'étais aux États-Unis, j'en ai rapporté. Tu es très intelligente, tu as beaucoup de qualités, mais tout ce que tu fais est de moi, c'est normal, tu as vécu à mes côtés. Tu viens de moi !

— Maman, tu es un mythe, une icône. Mais tu ne peux pas constamment ramener tout à toi. Grâce à moi la marque est redevenue identifiable pour toutes les générations de femmes. C'est aussi ce qui t'a rendue mythique.

— Ça alors, s'exclame Sonia. Je n'ai pas attendu que tu naisses pour être ce que je suis ! Et puis, je ne voulais pas être une icône ! Je n'avais pas d'autre ambition que d'avoir dix enfants.

— Maman, c'est vrai ? C'est insupportable les enfants.

— Je voulais être mère de famille. Je n'ai pas pu, c'est tout. Alors j'ai fait autre chose.

— Et tu n'en as eu que deux. Qu'est-ce que cela signifie ? Pourquoi ne cesses-tu de me dire cela ?

Toute ta vie tu as répété que tu aurais voulu avoir dix enfants. Pourquoi tu ne les as pas eus ?

— Tu sais pourquoi.

Bien sûr, elle le sait. C'est à cause d'elle, se dit-elle. C'est à cause d'elle, si elle n'a pas réussi à faire ce qu'elle voulait. Parce que son accouchement a été si difficile qu'on lui a distendu l'utérus, et qu'il y a eu des traces, des séquelles, si bien qu'après elle, sa mère a fait des fausses couches, sans parvenir à mener une grossesse à son terme. Elle se dit que c'est elle qui a détruit la vie de sa mère. Il fallait bien qu'elle passât sa vie à la reconstruire, à réparer sa faute. Et quelle faute, en fait ? La faute d'être née ?

C'est la raison pour laquelle elle ne peut pas profiter de son succès, comme elle n'a pas le droit de profiter de sa vie. Elle ne sait pas ce que c'est que d'avoir ouvert sa voie, de créer son chemin, de suivre son propre sillage dans le sillage de sa mère, parce que sa mère ne le lui pardonne pas, ne la laisse pas exister, loin d'elle, par elle-même, en dehors d'elle. Comme c'est dur d'être mère, comme c'est douloureux d'être fille. Impossible d'être semblable, impossible d'être différente.

— Je me suis beaucoup occupée de toi, dit

Nathalie. Toi qui ne t'es jamais sacrifiée. Toi qui n'as renoncé à rien, ni à un voyage, ni à un amant, ni à un défilé. En me donnant toujours le sentiment que tu ne pouvais pas vivre sans moi.

Nathalie s'arrête. Elle a ce sentiment de souffrance qui ne la quitte pas, qui fait partie d'elle, qu'elle relie au judaïsme, cette forme de pesanteur, d'héritage, de lourdeur, ce manque de légèreté, qu'elle retrouve dans sa vie, sa famille, cette partie sombre d'elle-même, qui lui donne mal à la tête, tout en lui inspirant un sentiment de fierté, d'appartenance, qui peut parfois dissoudre son sentiment de solitude. Petite fille juive née d'une mère juive angoissée, devenue mère juive à son tour. Et qu'est-ce qu'une mère juive, sinon une mère qui passe en second, et qui élève ses enfants dans l'angoisse et la difficulté ? Avec la superstition qui l'empêche de dire que ses enfants vont bien, et la pression qui la fait sans cesse se plaindre, elle aussi est victime de cet atavisme. C'est une des raisons pour lesquelles elle a allaité ses trois filles, c'est la raison pour laquelle elle a attendu que ses filles soient grandes pour vivre sa vie de femme.

Elle pense à l'importance et l'omniprésence de sa mère dans sa vie. Pour ses filles, elle a dessiné un arbre généalogique, qu'elle a accroché chez elle, devant sa chambre, avec des photos de la famille. Sur les photos, les trois filles de Nathalie, Tatiana, Lola et Salomé, puis à la génération précédente, les cinq sœurs, Sonia, Françoise, ethnologue, Janine, professeur de danse, Danièle qui travaille avec Sonia, et Muriel, psychanalyste, les cinq sœurs comme les cinq doigts de la main, ainsi qu'elles aiment à le dire. La mère démultipliée en cinq la regarde, la garde, quatre déclinaisons de la mère, l'intellectuelle, la danseuse, la créatrice et la psychiatre. Toutes les femmes du monde veillent sur elle, telles des muses, des fées penchées sur le berceau. Chacune lui a donné un don, elle lit, pense et écrit comme Françoise, elle danse comme Janine, elle crée comme Danièle, et elle est psychanalysée comme Muriel. Puis, la génération d'avant, Fanny, mère des cinq filles, mère de Sonia, sœur d'Anna et Rosa. Anna est morte prématurément dans des circonstances mystérieuses. Anna dont l'ombre plane sur toute la famille des femmes, comme un fantôme. Anna au regard si intense et si fort, aux cheveux rouges comme Sonia. Famille matriarcale, gynécée de femmes dont Nathalie est le produit, l'aboutissement, le maillon essentiel dans la chaîne de la transmission.

– Pourquoi tu ne me laisses pas de place pour exister ? dit-elle. Qu'est-ce que j'ai fait ? Qu'est-ce que je n'ai pas fait ? Moi qui ai toujours tout fait pour toi, pour te plaire ? Même ma première fille, c'est toi qui lui as donné son nom !

Elle pense à sa première grossesse, quand elle mangeait sans arrêt, pensant que si elle était ronde, elle serait une bonne mère. Elle ne voulait pas de garçon, elle désirait avoir une fille, mais elle avait peur, aussi, si peur d'avoir une petite fille rousse. Pourquoi cette angoisse, comme si la mère incorporée allait se dessiner en elle au point de sortir et s'incarner dans sa fille ? Mais l'enfant est né, c'était une petite fille brune avec des yeux noirs, elle était tellement heureuse que lorsque sa mère lui avait dit,

Tatiana c'est tellement joli, elle lui avait donné ce nom. Plus tard, elle s'est aperçue avec stupeur que Tatiana était le prénom que sa mère avait choisi pour elle, mais que son père ne voulait pas.

Elle se revoit, enceinte, grosse, avec ses lunettes, puis mère de famille, avec une fille au sein et l'autre qui se réfugie dans les bras de sa mère, toujours deux ou trois enfants sur elle. Maternelle. Ayant abdiqué, perdu sa féminité. Elle pense à son accouchement, son mari à ses côtés, lorsqu'on lui a ouvert le ventre, et qu'elle a vu la tête apparaître, le reste du corps encore en elle, elle et sa fille emboîtées l'une dans l'autre. Sa fille aînée, vingt ans plus tard, partie à New York, comme le fera sa sœur cadette pour se chercher, loin d'elle, alors qu'elle, au contraire, est restée au plus près de sa mère.

Nathalie a mal. Prise qu'une crise de migraine terrible, elle se tient la tête entre les paumes des mains, avec une sensation d'épouvante, comme si elle allait mourir entre douleur et solitude.

– Qu'est-ce que tu as ?

– J'ai mal à la tête.

– Si tu as mal à la tête, dit Sonia, j'ai mal à la tête parce que ta souffrance, c'est ma souffrance.

Elle a le mal de tête, le mal de mère, le mal d'être fille née de la mère immense et recommencée, qui telle une hydre se referme sur elle, dès qu'elle tente de sortir la tête hors de l'eau. Il lui est impossible de se différencier de sa mère, sa mère est elle, et elle est sa mère.

Elle souffre de sa vie défaite, de tout ce qu'elle n'a pas fait, pas été, ces années gâchées, ces précieuses années de jeunesse occupées à vivre pour sa mère, avant d'être mère à son tour et de vivre pour ses filles. Elle aurait aimé tout savoir, dès le départ, tout recommencer pour commencer à vivre plus tôt, à aimer, être femme, elle qui n'a su faire qu'une chose dans sa vie, être fille.

Et un jour, il faut se séparer, et s'arracher de la mère sauvage, dévorante et aimante, qui ne peut laisser sa fille vivre sa vie en dehors d'elle. Et ce jour-là est comme une naissance pour la fille qui découvre le monde hors de la mère et comme un désastre pour la mère, qui se lamente du monde qu'elle a construit autour de sa fille. Être soi-même. Sortir sa mère de soi.

L'expulser comme elle nous a expulsées. La pousser dehors. Prendre sa place, prendre les rênes de sa vie, prendre les commandes de la mère terrible et aimée, la mère terriblement aimée. Libre enfin de la tradition, de la collection, du regard de la mère, pour être soi-même. Nue. Sans pull, sans robe. Sans rien. Juste soi-même.

Nathalie sort du bureau de sa mère. Chancelante, elle sort de la pièce sombre, vers la lumière, suit le couloir, descend un étage, entre dans son bureau où trônent les photos et les portraits de sa mère, prend un siège, s'affale, vaincue par la céphalée. Dans sa tête, les idées tonnent, quelque chose qui hurle. Elle pense à sa vie, à toutes ces années où elle n'a pas vécu pour elle mais pour les autres, à sa façon de s'abriter dans la maternité, dans la filialité.

Pour celles qui ont l'heur et le malheur de vivre à l'ombre de leur mère, un trouble plane.

La jouissance leur est difficile. Elles font semblant, les femmes, mais en vérité, elles se retiennent, et ont honte de ne pas y arriver. Et beaucoup de femmes sont épouses, et mères, qui ne connaissent pas la plénitude d'être femmes. Jusqu'au jour où elles traversent la frontière qui les mènent vers elles-mêmes. Et cette frontière est une étape qui ne permet aucun retour en arrière. Et ce jour est le jour le plus important de leur vie de femme. L'abandon est d'une violence extrême, la jouissance aussi.

Et regardant les objets autour d'elle, disposés calmement sur les bibliothèques et les tables, ces objets laids qu'elle a rendus beaux, Nathalie comprend pourquoi elle a mené ce combat. Sa quête, à travers sa vie, son parfum de femme, et ses objets de jouissance, est de libérer la femme du plus terrible des jougs, qui n'est pas celui de la domination masculine, mais qui est celui de la mainmise des mères sur les filles, pour les empêcher d'être femmes. Ces femmes excisées par leurs mères qui ont été excisées par leurs propres mères, et qui se vengent sur leurs filles.

Elle pense à ce jour où elle est partie à l'hôtel,

seule, en week-end. Elle a rencontré un homme, un homme d'un soir, d'une nuit, un amour sans amour ni lendemain. Elle ne connaissait pas son nom, elle est sortie au petit matin de la chambre, a refermé la porte, s'est glissée dans le couloir, changée, transformée. Pendant longtemps, pour elle, faire l'amour avec un homme était une façon de s'assurer qu'elle plaisait. Jamais sûre d'elle, elle ne parvenait pas à être bien dans sa peau. Et soudain, elle est capable, enfin, de se faire aimer par un regard, parce qu'elle est capable de s'aimer. Et de passer cette nuit, cette fameuse nuit qui est interdite à Cendrillon. Tomber la robe, sans haillons. Et dans l'anonymat, s'échapper au petit matin, en attendant qu'il la recherche parce qu'elle a laissé d'elle l'escarpin comme seule identité. C'est-à-dire, la féminité.

Elle est prête à se séparer de sa mère. Il est temps qu'elle devienne elle-même, qu'elle rayonne avant qu'il ne soit trop tard, qu'elle vive son histoire à elle, il est essentiel de vivre. S'enrichir sans s'étioler, profiter de cette vie qui lui a été donnée. Se remplir, s'épanouir. Être belle. Loin de la culpabilité de l'identification, elle comprend que c'est à elle d'être fière d'elle-même et personne d'autre. Sortir de la mère mortifère et naître, enfin.

3.

— MIROIR, murmure Nathalie. Qui est la plus belle ?

La jeune femme se contemple dans la salle attenante à la boutique de sa mère, rue de Grenelle. Une petite échoppe où s'amoncellent les habits en grand nombre, les robes, les pulls, les couleurs et les tissus, les rayures et les fleurs froissées. Le grand miroir ovale à l'étage où elle se prépare lui renvoie son image avant le défilé, qui aura lieu dans la boutique même, devant un parterre de journalistes, d'écrivains, de gens de la mode. Elle se regarde et se demande si elle va plaire, si elle va réussir ce qu'elle a entrepris, son premier défilé en tant que mannequin.

Tous les contes de fées racontent la même histoire. C'est l'histoire d'une petite fille qui ne peut pas devenir femme sous le regard de sa mère. Cendrillon, avant le bal, ni habillée, ni arrangée, les cheveux mous, la peau terne, se regarde dans le miroir, et aperçoit avec horreur et tristesse tous les défauts de son visage et de son corps, à vingt ans elle n'est pas bien dans sa peau, se trouve grosse, ses kilos en trop lui donnent l'impression d'être sale et repoussante. Avant, elle est la souillon. Après – c'est-à-dire après avoir revêtu la robe –, la voilà belle, heureuse, transformée et séduisante à ses yeux, et aux yeux des autres, puisqu'en s'aimant, elle inspire l'amour, et en se trouvant belle, elle plaît. La robe est le coup de baguette magique qui va assurer sa transformation. La fée, c'est celle qui a donné la robe. La fée, c'est la mère. Et la sorcière aussi.

Cendrillon : la mauvaise mère, la bonne mère. La mauvaise mère est celle qui veut que sa fille reste à la maison, dans ses oripeaux, à effectuer les tâches ménagères pour demeurer à son service. La mauvaise mère affectionne sa petite souillon. Ayant soumis sa fille, qui est devenue sa bonne, sa femme de ménage, son esclave, elle lui interdit de s'échapper de son antre morbide. La bonne mère, au contraire, est celle qui donne la robe. La robe qui va permettre à la jeune fille de se trouver belle, et de séduire l'homme. Sans la robe, rien n'est possible. Pourquoi ? Parce que la robe permet de sortir du regard de la mère. L'enfant naît nu, vêtu de mère. La robe permet à la fille de renaître, de se recréer selon un autre contour que celui du regard maternel. La robe est le démiurge, le Pygmalion qui permet à la fille d'exister. Tel est le message de Cendrillon. Mais au douzième coup de minuit, la robe disparaît et les haillons réapparaissent. La bonne mère n'est pas bonne tout entière : elle veut aussi que sa fille rentre à la maison, puisqu'elle est mère. Elle lui a juste permis de s'échapper un temps, mais il n'est pas question que cet état dure, ce serait insupportable à la mère. Cette fenêtre sur le monde, elle la lui retire. Il ne faut pas qu'elle exagère, c'est-à-dire : qu'elle passe la nuit avec l'homme.

Sans la robe, la femme n'est qu'une souillon, c'est-à-dire, symboliquement, un nourrisson tout juste sorti du ventre, sale encore des sécrétions maternelles. Et nous sommes toutes ces souillons gardées au foyer par nos mères, et en chacune de nous sommeille cette jeune fille qui aspire à être femme mais qui ne le peut pas parce que sa mère ne veut pas qu'elle le soit, et toute la quête de la femme est de parvenir à s'échapper du regard maternel, et toute la quête de la mère est de maintenir sa fille nue et sale dans son foyer, son antre, son ventre, et toute l'entreprise de la fille est d'en sortir, de se vêtir, c'est la robe qui la rendra femme sous le regard de l'homme.

Cendrillon, et la Belle au bois dormant. La méchante fée, c'est la mère, bien sûr. Elle n'est pas invitée au berceau où sommeille le nourrisson. Comment le serait-elle ? Devant les bébés, toutes les femmes sont des fées. Mais sous la fée, se cache la sorcière, celle qui veut empêcher son enfant de grandir. Celle qui ne veut pas que sa fille devienne femme ; et cette petite fille qui ne peut pas devenir femme sous le regard de sa mère sommeille jusqu'au réveil, le jour de ses vingt ans, de ses trente ans ou de ses quarante ans, ou plus tard, ou jamais, si par un baiser, un homme ne fait surgir la femme de la fille, malgré la malédiction maternelle.

Blanche-Neige, avant, était une jeune femme très belle, qui a eu le malheur de commettre le crime de lèse-majesté : le crime de la fille, quel est-il ? Celui d'être plus belle que sa mère. Plus belle, elle l'est forcément, puisqu'elle est la plus jeune. Dans la beauté éclatante de sa jeunesse, elle dépasse la mère, et la mère, en réponse à ce crime, veut tuer la fille. Tuer la fille, c'est l'envoyer dans la forêt des nains. Les nains sont à la fois l'image des enfants et des vieux, ils représentent le lieu où la femme ne se révèle jamais, où il n'y a pas d'enjeu sexuel. Avec les nains, Blanche-Neige est à la fois mère et enfant, jamais femme. Ainsi le veut la mère. La mère, devant sa fille qui sort de l'enfance, qui devient femme, la renvoie à la crèche avec ses petits camarades, pour qu'elle ne grandisse pas, pour qu'elle ne devienne jamais femme, pour qu'elle reste l'enfant à l'ombre de la mère.

Et Peau d'Âne, qui doit porter les robes pour échapper à son père incestueux sans comprendre qu'elle ne fait qu'attiser sa convoitise. Sur les conseils de la fée, sa bonne et mauvaise mère, elle se résout alors à revenir à la bestialité en quittant la robe pour la peau de bête. Animale, fille, enfant : comme la féminité est longue à devenir.

Nathalie ne plaît pas au miroir. Elle ne sait pas se faire aimer de lui. Malgré la beauté éclatante de ses vingt ans, il lui dit qu'elle n'est pas belle. Elle se regarde, se juge, se jauge ; elle porte un manteau en mohair orange, avec un pull en V, un chapeau en laine et mohair, une grande veste et une jupe de la même couleur, tout en orange. Une tenue inventée par sa mère, car cette saison, sa mère veut la femme voyante, visible, éclatante. Elle pense aux paroles de sa mère, et de tous les créateurs. Sur les filles grandes et maigres, les vêtements tombent mieux. Elle n'est ni grande ni maigre. Si sa mère l'a choisie pour ce défilé, c'est pourtant qu'elle avait envie d'une fille comme elle. La beauté, elle ne la cherche pas dans la perfection mais dans l'exception. Pour elle, la beauté ne réside pas dans le défini, mais l'indéfini, qui est une figure de l'infini. Avec l'indéfini, il n'y a jamais de fin, alors qu'en définissant les choses, on les limite, on les boucle, dit-elle. Alors Nathalie, avec sa beauté étrange, sa beauté de « pas tous les jours », est sa plus belle imperfection.

Qu'est-ce qu'être belle ? Comment le devenir ? Comment devenir femme ? Être belle quand on est femme, mère, maîtresse, ce n'est pas avoir un grand décolleté et être mince, dit

Sonia, la séduction se joue autrement. Il faut trouver son style : l'art et la manière d'attraper tout le monde, comme Gala Dali. L'élégance, pour elle, c'est la particularité, la différence, le style, l'apparence. Ses canons de beauté sont Lou Andrea Salomé, Lili Brik, la compagne de Maïakovski, mais avant tout la Gradiva, qui marche avec un pied levé, la robe tenue par une épingle. La simplicité n'est pas la beauté. Être simple, pour Sonia, ce n'est pas intéressant. C'est comme le naturel. Si on le chasse bien, il ne revient pas. Et puis à quoi sert d'être naturel ? dit-elle, puisqu'on n'est jamais naturel. Un enfant ne naît pas à l'état de nature. Déjà, le nourrisson a des gestes sophistiqués, jolis, harmonieux, qu'il copie de sa mère, de ce qu'il voit autour de lui. Une femme qui marche dans la rue ne peut être naturelle. Il y a une manière de se montrer, de s'exhiber, de bouger, de cacher aussi, qui rend belle. On peut jouer avec ses défauts, faire des effets. Il y a tellement de façons de se mouvoir : on peut marcher comme un homme, un soldat ou une femme fatale. Il y a tellement de façons d'être belle. Et la mode, pour Sonia, c'est la séduction. Elle veut que l'homme qui contemple la femme qu'elle crée se dise, elle est belle, elle a de jolis seins, de belles jambes, un beau cou. Et qu'il ait envie de la prendre dans ses bras, et de la déshabiller. C'est toujours la même histoire, quel que soit l'âge, vingt, quarante, soixante ou soixante-dix ans. Toutes les femmes veulent être désirables, toutes les femmes veulent que les hommes leur disent qu'elles sont belles.

C'est toujours la même histoire, depuis la nuit des temps. L'histoire de la femme. La femme, cette grande amoureuse, se pare, aime la beauté, qui crée une attirance, une hypnose, un tropisme. La beauté, c'est le désir. Le désir, c'est l'être. Alors le créateur, le styliste sont à la racine de l'être puisqu'ils sont des producteurs de désir. Comment rendre la femme désirable ? Comment placer ses cheveux, arranger son maquillage, ses vêtements, ses bas, ses chaussures, quelle importance, et pourtant tout part de là. Le désir, c'est la vie. Le désir soulève les montagnes et fait tourner le monde. Et sans désir, on ne peut pas manger, ni dormir, ni même survivre.

Le défilé commence.

Elle arrive, la première. C'est le silence, elle entend les murmures, les gens la reconnaissent, c'est une impression intense, vertigineuse, le goût de la première fois, l'entrée dans l'arène. Avec un chignon bas, les yeux très maquillés, cotonneux, elle marche, remonte, se change, revient, sent le regard des hommes sur elle. L'un d'entre eux, en particulier, est un jeune Anglais.

Dans ces vêtements, qui sont comme une deuxième peau, elle se transforme, l'espace d'un instant. Sous ses habits de femme, elle tente de chasser l'enfant qui sommeille. La voilà donc, petite fille capiteuse, vénéneuse, tumultueuse. Petite fille qui tremble et qui ne croit pas en elle, qui lit dans les yeux de sa mère, tu es intelligente, tu n'auras pas de problèmes, attends un peu, ton heure viendra. Intelligente oui, mais belle ? Dans le regard de la mère, une hésitation persiste. « Ton heure viendra », cela veut dire qu'elle n'est pas belle pour le moment. Hésitation terrible pour la fille qui le voit dans les yeux de la mère, parce que d'elle va dépendre son rapport aux autres et à elle-même. « Tiens, elle n'est pas belle aujourd'hui. » Et le lendemain, « Tiens ! elle est superbe. » Alors quoi ? Miroir ? Qui est la plus belle ?

Depuis la naissance de son frère, depuis le

divorce de ses parents, elle est sans contours.
Elle n'a aucune confiance en elle. Trop occupée
à aimer sa mère, elle n'a pas le temps de
s'aimer. Elle tombe amoureuse d'hommes inat-
teignables, car il lui est impossible de s'intéresser à ceux qui sont amoureux d'elle. L'un
d'eux, beau, élégant, distingué, est résolument
homosexuel. Pourtant elle fantasme sur lui, jusqu'à l'obsession. Elle est tellement éprise de lui
qu'en passant dans la rue où il habite, elle se
met à saigner du nez. Elle en poursuit un autre
de ses assiduités pendant des mois. Amoureuse
virginale, elle décide de prendre la pilule
lorsqu'ils partent à la campagne à Noël, avec
une bande d'amis. Elle ne fait pas grand cas du
frère de son amoureux, qui est amoureux d'elle.
Après sa première nuit d'amour, il lui annonce
que les meilleures choses ont une fin. Blessée, la
petite fille interroge son miroir, qui lui dit toujours la même chose, non elle n'est pas la plus
belle. Puisque la plus belle, c'est sa mère.

Au risque de décevoir son père, elle renonce
aux études de médecine, elle ne sait pas encore
ce qu'elle veut, ce dont elle est capable. Dépri-
mée, maladroite, elle tente de s'émanciper en
étudiant trois mois en faculté de psychologie,

réalise un film en super-huit, travaille dans une librairie, écoute les chansons de Barbara et de Leonard Cohen. Et sa mère lui dit : « Tu verras, tu plairas aux hommes plus tard. » C'est sa façon de la rassurer : l'envoyer dans la forêt des nains, car en fait, les nains de Blanche-Neige ne sont-ils pas des petits vieux ? « Plus tard, dit-elle, beaucoup plus tard. » Et voilà la pomme empoisonnée qui l'emmène droit dans la tombe.

Pour s'en sortir, elle tente de se trouver une allure, d'agir comme sa mère, d'être comme elle, de se comporter comme elle. Comme si elle l'avait absorbée, sa mère est en elle qui hurle, qui l'habite, la fait parler, l'agit comme si elle était sa marionnette et qu'elle tirait les ficelles de sa vie, lui disant où aller et où ne pas aller, lui intimant de ne pas jouir de la vie hors d'elle, sans elle. Elle ne peut pas affirmer sa personnalité, n'arrive pas à être bien dans sa peau, son corps, son être même. Transparente à elle-même, elle se déteste, elle est incapable de profiter de la vie, sans conscience propre, sans maturité, créée par sa mère pour être une réplique d'elle-même, et que sa vie soit juste un miroir de la sienne. Lorsqu'elle est avec sa

mère, elle étouffe, lorsqu'elle est sans elle, elle
ne se tient pas debout.

En ce jour du défilé, Sonia est angoissée.
Derrière le rideau où les mannequins se préparent, elle aperçoit, assises au premier rang,
ses amies écrivains : Hélène Cixous, Madeleine
Chapsal, Antoinette Fouque, Nathalie Sarraute,
qui s'intéressent à elle, lui demandent pourquoi
elle ne fait pas d'ourlet. Et elle veut leur montrer que c'est aussi violent et aussi intéressant
que d'écrire, elle est en train d'écrire une histoire qui est l'histoire de la femme. Dessous, il y
a quelque chose de plus pur, de plus dur, de
plus vrai que l'artifice, un humus qui est le
corps, la chair, le cœur de cette femme, elle se
bat avec cette femme, elle parle avec les robes,
et ces femmes partent sur le quai de la gare,
dans une dramaturgie qui la comble. Mais va-
t-elle y réussir ? A-t-elle réussi la collection ?
Que vont-elles penser d'elle ? Bientôt les filles
vont sortir, une à une, et elle a envie de les
retenir, et de leur dire, non, ne sortez pas, ce
n'est pas fini, pas bien, pas ce que je voulais. Et
c'est Nathalie qui apparaît la première, qui n'est

pas à l'aise, pas bien dans sa peau, qui ne s'aime pas. Du regard, elle lui donne confiance, lui montre qu'elle est intéressante. Elle sent tout le potentiel qu'il y a en elle, tout ce qu'il y a d'important en elle. Mais elle ne veut pas la diriger, elle ne veut pas qu'elle prenne le pli.

Elle pense au lien qui les unit, depuis qu'elle est née, à ces quatre années passées avec sa fille, les quatre premières années de leur vie ensemble. Elle faisait les courses, allait au jardin, sortait avec sa fille tous les jours, allait rejoindre sa mère et ses sœurs, se rendait à la campagne, entre femmes. Sa fille était une amarre qui ne la quittait jamais alors que tout le reste autour d'elle était mouvant. Au milieu du gynécée, mères, filles, sœurs, toutes unies comme les doigts de la main, elle était heureuse. Si heureuse qu'elle a voulu un autre enfant. Et c'est alors qu'il y a eu les fausses couches, nombreuses, les grands espoirs, les attentes déçues, les malaises, les peurs et l'angoisse à nouveau de perdre un enfant, et de se perdre en le perdant. Les nuits, les insomnies, les cauchemars, et la culpabilité. Et Sam, à côté d'elle, qui jamais ne renonçait, jusqu'à la grossesse enfin : couchée, car on lui a cerclé le col de l'utérus afin qu'elle garde l'enfant. Pendant ces longs moments où elle était alitée, la petite fille posait la tête sur son ventre arrondi. L'enfant naît, avant terme. On le transporte en couveuse. Il a les yeux bleus comme tous les bébés, il sourit, il pleure, il mange, il dort. Un garçon, premier d'une longue lignée de femmes. Elle l'appelle Jean-Philippe, pour faire plaisir à sa mère, pour lui donner ce petit garçon qu'elle n'a pas eu, et qu'elle voulait appeler ainsi. Elle l'a sue si malheureuse de ne pas avoir ce Jean-Philippe. Elle l'a vue, à chaque nouvelle naissance, désespérée de ne pas pouvoir donner un fils à son mari, elle qui disait à sa fille, quand tu aimes un homme, c'est terrible de ne pas pouvoir lui donner un garçon.

Après, il y a l'hôpital, à nouveau. L'enfant, semble-t-il, ne voit pas très bien, le médecin l'examine, l'oxygène mal dosé en couveuse a détruit le nerf optique. Elle prend le bébé, remonte dans la voiture avec Sam, s'arrête en chemin dans une cabine téléphonique, appelle sa mère, les larmes ne s'arrêtent plus de couler, alors qu'elle dit, Jean-Philippe ne voit pas, Jean-Philippe ne verra jamais.

Après, il a fallu vivre. Travailler, faire des pulls, créer, redonner un sens à l'idée de voir. Simplement, tenter de revivre après la minute qui a fait basculer sa vie. Un jour, dans un coin de la boutique de son mari, elle fait faire un tricot. Et elle découvre que le pull fait partie d'elle, de son corps, la constitue, qu'il est son souffle et son âme. Qu'un pull, ça respire, ça bouge, ça s'enroule, ça vit et ça vieillit. Alors elle invente le tricot collé au corps, un tricot tout petit, étroit, près du corps, ras du cou, avec une côte sur le devant, appelé le «Poor Boy Sweater». Pauvre garçon. Celui-ci a un style, une allure, une dégaine qui rend la femme différente. Remarquable. Remarquée.

Les femmes, de plus en plus nombreuses, viennent acheter ses pulls. Les rédactrices de mode américaines, sur la route de l'aéroport d'Orly, s'arrachent les petits pulls qu'elle fait. C'est ainsi, par hasard, que les journaux américains la sacrent reine du tricot. Peu à peu, elle prend confiance en elle, ouvre sa boutique, met la clef dans la porte, elle qui ne sait rien, sauf qu'elle fait des pulls, et c'est le miracle. Les femmes viennent, demandent les pulls, il n'y en a pas assez pour tout le monde, c'est un succès foudroyant.

Pour elle, c'est un étonnement permanent de voir toutes ces femmes qui adorent ce qu'elle fait, elle qui a été élevée dans un milieu où on ne parle pas de mode mais de politique, de littérature et de peinture, où la mode est superficielle. Et elle pense qu'un jour on va la démasquer, dire qu'elle ne sait pas tricoter, ne sait même pas faire la différence entre crêpe, lin et grain de poudre, et qu'elle ne connaît rien à ce monde. Elle aurait rêvé d'être actrice, de faire du cinéma ou du théâtre, jamais elle n'a pensé faire cela qui déplaisait à ses parents. Elle est entrée dans la mode à reculons : dans sa famille, c'étaient les chaussettes, les petits manteaux verts des enfants bien nés, et soudain, la voilà attirée par le monde de la musique, mai 68, la politique, cet état de grabuge et de drame qui est autour d'elle, de révolution des mœurs, de changement de paradigme.

Et c'est alors qu'elle comprend qu'il lui faudra tout changer, tout bouleverser. Faire les choses à l'envers, les coutures à l'envers, alors elle casse tout, les ourlets, les soutiens-gorge, met les femmes à nu, dévoile leur beauté, leur liberté, leur féminité. L'envers, dit-elle, parce que le trait est plus fort, le dessin plus marqué, le point plus violent. Elle impose un style, une attitude, une vérité. Elle qui aime le langage, les slogans, les mots, les grave sur les pulls, tels des manifestes en parallèle à l'histoire des femmes. Et elle fait des vêtements comme on écrit, elle invente l'histoire d'une femme dans la rue, intéressée, intéressante, une femme cultivée, qui aime la politique, le cinéma, le théâtre, la sculpture, la littérature.

Par la robe, elle crée une image, et en créant cette image, elle s'invente elle-même tout en inventant la femme. La robe, ce miroir aux alouettes, rajeunit, régénère le corps et le psychisme, cache les défauts, fait apparaître les qualités d'une personne et permet une vraie transmutation. Elle qui voulait écrire, ou être psychanalyste, s'est retrouvée créatrice, styliste, pionnière d'un mode de vie, d'une trajectoire, d'un trajet, d'un chemin pour certaines femmes qui n'étaient ni tout à fait les mêmes ni tout à fait différentes d'elle. Et elle invente la femme.

Être femme : comment faire ? Telle est sa quête, son enquête, son combat. Approfondir la féminité, la créer, l'inventer. On ne naît pas femme, c'est vrai. Et toute l'histoire des femmes, c'est d'arriver à le devenir. Enlever les stigmates du temps, de la petite fille potelée, de l'adolescence malheureuse, estomper les marques du temps qui fuit, des rides qui viennent, des seins qui tombent, masquer les signes du masculin dans lequel le féminin s'empêtre, arracher les poils, polir les jambes, lisser le teint, dessiner une silhouette, sculpter un visage, le colorier, forger une attitude d'ouverture et de retrait, d'accueil et de fragilité, la femme.

En mai 68, elle a ouvert la première boutique de mode dans Saint-Germain-des-Prés, un quartier où il n'y avait que des antiquaires et des librairies. Et comme pour montrer qu'elle n'a pas dévié de la ligne voulue par ses parents, elle demande à un éditeur de lui prêter des livres qu'elle met dans sa vitrine. Et voilà qu'elle donne ses lettres de noblesse à la mode. Chaque femme, dit-elle, intellectuelle ou non, devrait prendre le temps de se regarder, de s'habiller, de vivre sa vie comme une vie de théâtre. Elle se dit que c'est essentiel, qu'on ne peut pas se permettre de mal marcher, mal bouger, mal se comporter. La mode, pour elle, est philosophique et physique, la mode, c'est une théorie sans cesse renouvelée qui permet de savoir ce qu'on est, ce qu'on n'est pas, ce qu'on doit prendre, ce qu'on doit cacher, ce qu'on doit montrer. Rendre les hommes fous, les séduire, respirer, et à travers eux, séduire la vie. Elle n'aime pas celles qui disent, je suis professeur de mathématiques alors je ne peux pas m'habiller d'une certaine façon. Jeune fille, femme, épouse, mère, maîtresse, grand-mère : toutes les femmes sont belles, ce n'est pas une question d'âge mais d'attitude. Elle est fascinée et intéressée par l'art et la manière de mettre un bouton, plus haut, plus bas, ou de l'enlever, de le remettre. Elle s'intéresse à la démarche, elle dit aux femmes comment elles doivent marcher, poser leur corps, s'habiller. Elle adore le travail des couleurs, la manière dont elles changent suivant les associations, bleu ou vert, rayures, couleurs assemblées, mélangées pour la femme multiple écartelée entre ses multiples rôles.

Elle n'a jamais voulu habiller les femmes, ni sa mère, ni ses sœurs, ni sa fille, elle fait des vêtements, et c'est aux femmes de se prendre en main. Elle crée des costumes comme elle écrit un livre, pour donner à toutes celles qui

veulent le lire des clefs pour devenir intéres-
santes, particulières, différentes, pour être une
femme qui n'est pas la même que les autres. Il y
a celles qui ne veulent pas être différentes. Et il
y a celles de la « démode », comme elle le dit,
celles qui vont défaire ce qu'elle fait, désassortir
ce qu'elle a assemblé pour trouver leur propre
caractère. L'habit est un jouet, si on connaît les
règles du jeu, dit-elle, il vous rendra très heureuse, et sinon, très malheureuse. Elle cherche à
accomplir quelque chose qui est sa mission ; en
fonction d'elle, de ses sœurs, ses amies, sa mère,
sa fille, et ses petites-filles, toutes les femmes
qui l'ont toujours entourée depuis sa naissance
et qui jouent la pièce de sa vie. Des sculptures
qu'elle fait bouger sur la scène de son théâtre
personnel, où se produit, en première, la
femme.

Ce travail l'exalte, la plonge dans le délire, la
touche et lui donne tout, et la projette dans une
angoisse folle au moment du défilé. Dans la
grande quête de la féminité, personne ne sait
rien, personne n'a de données exactes, chacun
agit selon son intuition, son désir, son imagina-
tion. Elle, dans l'attente, cherche une fente, une
fêlure : s'il n'y a pas de fêlure, dit-elle, il n'y a pas

de force. Personne ne connaît rien, ne voit rien. Et pourtant tout le monde habille la même femme. La collection raconte l'histoire d'une femme, et elle ajoute un chapitre à chaque saison, cette femme elle l'invente en se trompant parfois, en faisant des ponctuations qui ne sont pas justes, mais elle l'écrit, la rature, la barre et recommence, ne fait pas d'ourlet, arrange un décolleté dans le dos, l'imagine à partir de tout ce qui se passe dans sa vie, autour d'elle, à partir d'une photo dans un journal, et soudain reprend, se reprend, en fonction d'une attraction, d'un musée, un film, une pièce de théâtre, elle se dit qu'elle n'aurait pas dû faire de boutons blancs sur ces vestes, elle devrait décaler le bouton droit sur la boutonnière, ce serait plus joli. La collection est comme une nourriture malaxée, retournée, qui sort sur le podium comme elle l'a voulue, et pourtant à chaque fois, elle a l'impression qu'elle n'a pas fini, ou qu'elle ne veut pas finir, car la fin, c'est la mort. Elle ne peut pas vivre sans créer, elle ne peut pas arrêter, s'arrêter, elle qui passe son temps à essayer, à faire essayer, tout pour la femme, pour la fêter, l'organiser, lui donner des chances, la traquer, l'interroger. Elle prend la robe à

127

témoin, l'appelle « la frôleuse ». Elle a psychana-lysé la robe, elle la considère comme un person-nage. Depuis qu'Antoinette Fouque est entrée dans sa boutique, qu'elle lui a demandé des explications sur ce qu'elle faisait, et pourquoi des trous, et pourquoi des mots sur les pulls, elle a pris la robe au sérieux. Il lui a fallu du temps pour s'accepter en tant que faiseuse de robes ; il a fallu que ses amies écrivains lui posent des questions sur ce qu'elle faisait par rapport à la femme et lui parlent de la mode comme d'une manière d'inventer quelque chose.

Elle a commencé à s'y intéresser, à se laisser porter par la création, par quelque chose de ludique et de fou, car elle ne peut être autre-ment : la folie, c'est un état de grâce, qui se manifeste par ce qui est à l'intérieur de cette robe. Dans cette période de grande créativité, elle dévore tout, elle prend tout, elle ne peut faire autrement que prendre ce qui la touche ou ce qu'elle voit, pour se l'approprier, gour-mande, toujours en appétit, elle se sert de tout ce qu'il y a autour d'elle. Elle est voleuse, elle est vampire. Elle pose, dispose, transpose. La mode est une écriture, dit-elle, et elle écrit la femme. En acceptant de faire de la mode, elle s'est acceptée elle-même en tant qu'artiste, en tant que créatrice.

Et soudain le hasard. La fille est en train d'essayer un vêtement, et elle se dit qu'elle aurait dû faire un trou, rajouter quelque chose, apporter une autre image, un autre symbole, quelque chose en somme, qui fait que la robe va être cassée et non définie comme robe, sans ourlet, avec les coutures à l'envers, les choses retournées, ce sont des accidents qui arrivent par hasard, car on ne peut pas faire de mode sans hasard ... La robe, comme réponse à la vie. À l'injustice de la vie.

Entre deux robes, elle promène un petit garçon au parc, qu'elle guide de la voix. Il est beau comme un ange, avec sa tête blonde et ses yeux bleus. Il est étrange, aussi, avec sa drôle de démarche. Elle lui dit où aller et où ne pas aller. Il écoute avec attention les mélodieuses intonations de celle qu'il ne verra jamais. Il aime tant la musique, ses amis lui disent, tu verras, il sera un génie, je m'en fous, je voulais juste qu'il voie.

En ce jour de défilé, elle ne donne aucune indication à sa fille, ne lui dit pas ce qu'il faut faire, comment marcher, comment se tenir. Elle regarde sa fille parmi les autres filles. Elle qui a le sentiment qu'on la remarque, depuis toujours, voudrait que sa fille le soit aussi. En pleine lumière, d'un œil implacable, elle voit tous les défauts. Elle pense à la petite fille boulotte, charmante, intelligente qu'elle était. Elle se disait, ce n'est pas une beauté, mais plus tard elle sera belle. De plus en plus belle. Sa fille, comme une robe, à travailler, à revoir, matin et soir. Le travail de mode se fait au moment où on a le vêtement en pièces détachées et le modèle en face, c'est ainsi qu'elle procède. Par moments, être folle, par moments, réfléchir ou faire attention. Attendre, remodeler, modifier.

Elle voit sa fille grandir, devenir femme, elle ne peut accepter qu'elle la quitte. Elle voit sa fille et elle répond à son attente en la prenant sous son aile. Elle lui demande de défiler, pour lui donner confiance en elle, en sa beauté, en son physique, pour lui signifier qu'elle la trouve belle, et aussi pour la garder près d'elle. Pour l'introduire dans son univers, pour l'incorporer à ses robes, ses robes déglinguées et sauvages, comme son amour, comme sa vie, comme son être même. Elle le fait par un acte d'amour, par cet amour que les mères ont envers leur fille, cet amour exclusif et animal de la mère pour son enfant, son bébé, la chair de sa chair. Et quel amour est plus fort que celui-ci ? Personne ne te rendra plus heureuse que moi, puisque c'est moi qui t'ai faite. Personne ne te comprend comme moi, puisque tu viens de moi, puisque tu es moi. Personne ne te fera du mal, puisque je suis là. Et tant que je vivrai, tu ne seras jamais seule. Et tant que je vivrai, je ne serai jamais seule, puisque tu es là. Et où que tu sois, je serai toujours là pour toi. À n'importe quelle heure du jour, de la nuit, de la vie, je volerai à ton secours. Et si tu t'éloignes de moi, tu seras malheureuse. Et si tu t'éloignes de moi, je serai malheureuse. Tu es là, comme une musique intérieure, dans le fond de chacune de mes pensées. Désormais, tout ce que je fais, je le fais pour toi, pour que tu sois bien. Parce que je t'aime, plus que tout au monde, parce que toi et moi, à l'âge d'or, nous avons été une, dans l'amour infini de la gestation.

La petite fille devenue grande défile. Elle défie. Se défie elle-même. Pour elle, pour vaincre ses peurs, pendant vingt minutes qui racontent l'histoire d'une saison, d'une année, d'un vête-ment. Elle entre dans Sonia en entrant dans sa robe. Et elle rayonne, création dans la création, imbibée du cocon maternel, revenue dans le ventre de sa mère, la robe l'enveloppe et l'apaise. Sa mère lui fait confiance. Défiler pour sa collec-tion signifie que sa mère la trouve belle : un des plus cadeaux du monde. Elle tremble.

Ne tremble pas, murmure Sonia, la mode c'est les gens qui ne pensent qu'à s'habiller et qui n'ont rien dans la tête, je suis honteuse devant mes sœurs qui ont fait des études, et moi je ne suis pas allée à l'université, et il fallait que je me rattrape à cause de mes parents qui voulaient que je sois une intellectuelle, et j'ai toujours pensé que mon père et ma mère se disaient, mais que fait-elle, et il a fallu que les gens s'intéressent à ce que je fais d'une manière différente, et j'ai compris alors que je ne faisais que raconter mon histoire, mon histoire terrible et inquiétante, qui est l'histoire de toutes les femmes, cerclées, emprisonnées, empoisonnées, qui ne cesseront jamais de se libérer.

Après le divorce, à cause de son fils qui avait besoin de lui, Sam avait son couvert tous les soirs chez Sonia. Et il venait, autant pour son fils que pour la mère de ses enfants, car il était toujours amoureux d'elle. Nathalie voulait plaire à son père, obsédé par sa mère qui portait toute son attention sur son frère. Et le père malheureux était maladroit et dur avec elle. Par son amour et ses paroles de réconfort, sa mère l'a sauvée de la tristesse. Alors elle a aimé sa mère comme on se raccroche à la vie.

Nathalie défile, défie le temps, la vie, la mort. Elle pense au jeune homme qu'elle vient de rencontrer, un peintre. Le premier soir où ils se sont vus, il a pris un bloc de papier. Fasciné par son étrange beauté, il fait des portraits d'elle. Sous son regard, elle se sent belle. Elle l'a présenté à sa mère qui l'apprécie : avec lui, elle a une relation d'artiste à artiste. Elle est rassurée par le fait que sa mère l'aime, ce qui la conforte dans son choix. Elle a déjà envie de se marier avec lui, d'avoir des enfants.

Inquiète, imprécise, elle avance devant tous, se disant qu'ils vont la trouver grosse, pas jolie, pas bien dans sa peau. Elle a peur de ce qu'elle va faire, bientôt, dans ce défilé orchestré par sa mère. Elle regarde sa mère. Rousse, russe, française, juive, avec ses cheveux fous, ses yeux verts, son regard perçant, elle est le centre du monde. Elle, qui est-elle ? Différente. Sa beauté de « pas tous les jours », ça veut dire qu'elle est belle ? Ou pas ? Entre beauté et laideur, elle hésite. Son nez busqué, sa bouche fine, ses cheveux fins. Son visage en triangle. Tout est trop, pas à sa place, pas exactement là. Elle hésite entre beauté extrême et physique quelconque. Est-elle une création ratée de sa mère ? Sa pire œuvre ? Son œuvre non achevée ? Ou sa plus belle réussite ?

Elle pense au petit garçon, au petit prince, son frère, élevé comme tout le monde, car son père lui a fait tout faire comme les autres, même le ski, même les voyages linguistiques, et surtout la musique. Elle pense à cette grande chambre que son père voulait repeindre pour son fils, avec lui, et lorsqu'elle a dit qu'elle voulait la plus grande pièce parce qu'elle était l'aînée, son père a appelé des peintres pour la repeindre. Il ne voulait pas le faire avec sa fille. Juste avec son fils. Son père s'occupait de son frère nuit et jour, n'avait d'attention que pour lui. Cet amour fou qu'il a eu pour son petit garçon qui ne voyait pas. Et elle se rappelle ces mots, tous les mots de sa mère envers elle, pour lui donner de l'importance, pour qu'elle se sentît bien, ces mots qu'elle lui envoie encore, et qu'elle a disposés autour d'elle, chez elle, devant son bureau, «fais attention à toi», «tu es formidable, je t'aime», il y a des mots qui tuent, et il y a des mots qui sauvent.

Elle se souvient de ces mois de juillet à Combs-la-Ville, avec les balançoires au fond du jardin, lorsqu'elle allait rejoindre ses cousins pour les vacances, dans la grande maison familiale. Petite fille solitaire, triste, réservée, elle avait peu d'amis. Elle se rendait dans les champs avec son frère, et cueillait des bouquets de fleurs pour sa mère. Toute la journée, elle attendait le coup de téléphone de sa mère.

Dans un coin de la chambre, la petite fille regarde sa mère. Admirative et complexée, devant cette femme qu'elle observe en train de se préparer dans la salle de bain, et de se faire belle. Cette mère-veille, comme elle le dit. Si belle, avec ses cheveux fous, son long corps enveloppé de tissus, ses jambes, ce cou, ces bras, cette peau fine et blanche comme la soie. Depuis toujours elle la regarde, elle passe sa vie à la regarder. À manger de la mousse au chocolat, à séduire les hommes, à se regarder au

miroir. Sa mère fausse et menteuse, manipula-
trice, et sa mère vraie, généreuse, dévouée, pas-
sionnée. Sa mère qui est la reine du monde et
qui doute. Qui avance, qui invente sa vie, sans
jamais rien sacrifier. Et qui laisse tout tomber
pour un seul regard de sa fille, et la protège
lorsqu'elle a besoin d'elle.

Et la petite fille ne veut pas que sa mère sorte
le soir. Elle a peur, elle est angoissée de la voir
partir, la laisser seule dans le monde sombre et
angoissant de la nuit. Elle ne comprend pas
pourquoi les mères sortent et laissent les enfants
s'endormir seuls dans les ténèbres. Et elle pleure,
se met en travers de la porte pour ne pas empêcher sa mère de partir, pour lui barrer la route.

Sonia lui explique, lui dit qu'elle doit partir,
qu'elle l'aime, qu'elle aime son frère, qu'elle les
aime tellement qu'elle aurait voulu avoir dix
enfants. Pourquoi ? demande la petite fille.
Pourquoi tu n'as pas eu dix enfants ? À cause
de ton accouchement qui s'est si mal passé,
répond la mère. Les fausses couches, puis la
gestation difficile de Jean-Philippe, et finalement sa venue au monde prématurée. Comme
si la fille, en naissant, avait dévoré la mère.

Comme si Nathalie était responsable de la cécité de son frère.

Alors la petite fille décide de vouer sa vie à réparer sa faute, de se consacrer à sa mère qu'elle aime tant, qu'elle aime à la folie, et de faire de la vie de sa mère son œuvre à elle, son œuvre d'art. Elle sera l'artiste de sa mère ; elle la magnifiera, elle fera de sa mère une icône. Elle créera son histoire, leur histoire à toutes les deux, l'histoire de deux femmes, une mère et sa fille qui ont créé un empire, qui font partie de l'histoire des femmes, qui ont réinventé la séduction et la féminité, à travers la maternité glorieuse et douloureuse. Elle inventera sa mère éternelle. Elle l'inventera, et en l'inventant, elle s'inventera à travers elle.

Ma mère, mon miroir. Mon souci de chaque instant. Je suis pleine de toi comme tu étais pleine de moi. Ma mère que je déteste et que j'adore, que je voudrais sortir de moi pour être moi. Je fais tout pour ne pas te ressembler et pourtant, je te ressemble. Depuis ma naissance, tu es le monde. Je vois par tes yeux, parle par ta bouche, entends par tes oreilles. Je ne peux pas être bien si tu n'es pas bien, je ne peux pas être belle si tu ne me trouves pas belle, je ne peux pas être moi si ce n'est à travers toi. Ma mère, ma décadence, ma défaillance. Ma mère qui me dévore et qui m'agit, qui me soumet et qui me fait vivre. Ma mère, tonitruante, angoissée et angoissante, happée, habitée, alors que je suis habitée par toi, par ta beauté radieuse et cruelle, violente. Entre toi et moi, à la vie à la mort.

Je recoudrai les fils cassés de ton histoire, je retisserai la trame et la chaîne que tu n'as pas pu tisser. Je réparerai le trou dans le vêtement de ta vie, je serai celle qui le portera. Et chaque fois que tu auras besoin de moi, je serai là. Où que tu ailles, où que tu sois, je t'attendrai. Si tu as des moments de doute, de faiblesse, si tu as des angoisses, je t'écouterai. Dans tes années de force, je serai ta veilleuse. Dans la vieillesse, je serai ta béquille. Maintenant que j'existe, tu ne seras plus jamais seule. Et tant que tu seras là, je ne serai jamais seule. Personne ne nous séparera, personne ne viendra rompre le cordon qui à l'âge d'or nous reliait, toi à moi, moi à toi, du temps où nous étions une.

En avançant, conquérante, devant le parterre des journalistes, des écrivains, des gens de la mode, elle pense à son père, le seul regard qui lui manque. Mais il n'aurait pas supporté de la voir devenir femme.

Elle ne pouvait pas être une femme à ses yeux, puisque la seule femme, c'était sa mère. Sa mère puissante, divorçante, aimante. Et elle, qui ne servait à rien dans cette histoire-là. Son père, trois mois auparavant. Elle surmontait la crise d'adolescence, elle se rapprochait de lui. Ils étaient allés à un concert avec son frère. Ce jour-là, son frère et lui se sont disputés, et le lendemain, ils ne se sont pas parlé, la nuit est venue. Son père est tombé dans le coma, c'était une rupture d'anévrisme. Prévenues à l'aube, sa mère et elle sont parties chez le père. Les pompiers étaient là, autour de lui, elle disait, je vous en supplie, c'est mon père, sauvez-le, elle pleurait, ils ont suivi le Samu qui hurlait dans Paris avec les sirènes, jusqu'à l'hôpital. Ils n'ont pas pu le sauver, il n'a pas repris connaissance, son père. Ainsi, on peut mourir, d'amour.

C'est la fin. Devant tous, Nathalie enlève la veste. Dessous la veste, elle ne porte rien. Elle est nue. Nue comme une enfant qui vient de naître et d'ouvrir les yeux sur le monde. Nue car sa mère la voulait nue comme au jour de sa naissance. Sa naissance, comme elle l'imagine, à travers ce que sa mère lui en a dit. Deux jours de souffrance. Deux jours dans une douleur terrible, le ventre déchiré par le travail. Et l'enfant qui ne veut pas sortir d'elle, comme si elle restait accrochée à ses entrailles, refusant la séparation. Cette enfant qui ne veut pas naître. La sage-femme presse, appuie pour que l'enfant sorte, elle lui dit de respirer. Respire, dit-elle. Respire fort, ne montre pas ta douleur, avance ; ouvre les yeux, regarde, ce qui compte, c'est d'avancer. Ce qui est important, c'est d'être là. À la fin, sors, heureuse. Sors au final, théâtrale : ce doit être un moment exceptionnel et c'est à toi de le rendre exceptionnel, sois toujours décidée, avec allure, c'est une explosion de vie, de bonheur, bouge, mets l'audience en feu, sois la plus belle et la plus folle, regarde autour de toi, souris, crie !

Et devant le parterre des journalistes, des artistes, des écrivains stupéfaits, Nathalie remet la veste à l'envers. L'envers à l'endroit, elle incorpore la mère. Les coutures apparaissent, dessinent le relief du tissu. Et la veste parfaite devient déglinguée.

4.

ELLE pose les mains sur son ventre.
La contraction monte, lui broie les entrailles, l'emporte dans une tourmente indicible
avant de s'éteindre, lui donner un instant de
répit, et reprendre de plus belle. Les autres
arrivent, de plus en plus rapprochées.

Deux jours qu'elle attend, dans cette chambre
de la clinique du Belvédère, à Boulogne-
Billancourt. La chambre est blanche, immacu-
lée, prête. Par la fenêtre, elle aperçoit quelques
arbres, des bâtiments nouveaux. Elle se sent
loin, loin du boulevard Murat, à Auteuil, de son
petit appartement qu'elle a aménagé comme un
cocon pour recevoir sa fille, courant les boutiques avec sa mère et ses sœurs. Elle est
presque à la campagne. Elle voudrait rentrer.

Deux jours déjà dans les contractions qui
annoncent le début du travail. Et l'enfant qu'elle

ne veut pas laisser sortir, refusant la séparation. L'enfant est la mère. La mère est l'enfant. Ils sont un. Depuis neuf mois, ils sont un seul être avec deux cœurs. Enfin double, elle se sent pleine, elle qui est née sous le signe des Gémeaux. L'un dans l'autre, l'un par l'autre. Pourquoi faut-il se séparer ? Pourquoi faut-il un jour que tout s'achève ? Cette naissance est une mort. Pour l'enfant, la fin du monde. Pour la mère, d'un moment de bonheur absolu, celui d'être uni à l'être aimé, et de former avec lui une unité, une entité.

En se mariant, à vingt ans déjà, elle disait qu'elle voulait être mère, c'était son idéal, son ambition, son désir le plus profond. Après ses études secondaires, elle n'a rien voulu d'autre. Depuis le début de sa grossesse, elle est heureuse et angoissée. Heureuse, car elle a l'impression d'être dans un film dont elle est l'unique héroïne. Elle qui voulait être actrice, la voilà actrice de sa vie : de la vie elle-même, qu'elle crée, telle la première femme. Suffoquée d'émotion, elle porte l'enfant comme si elle portait tous les enfants du monde. Et angoissée, parce qu'elle ne sait pas comment sera l'enfant, comment elle sera avec lui, et lui avec elle. Sera-t-il un garçon, ou une fille ? Si c'est une fille, sera-t-elle belle ? Sera-t-elle longue, grosse ? Ou petite, chétive ? Blonde, brune, ou rousse ? Rousse. Les cheveux rouge sang. Depuis toute petite, les gens la regardent, elle a le sentiment qu'il y a en elle quelque chose qui les dérange, qui les fascine.

Sa rousseur a marqué le plus profond de son être. Elle est différente. Différente aux yeux de sa mère, affolée d'avoir un vilain petit canard. Différente de ses sœurs belles, douces et gentilles, qui jouent à la poupée alors qu'elle se dispute avec les garçons. Volontaire, difficile, rebelle, comme un dragon, elle défend ses sœurs quand elles se font frapper dans la cour de l'école. Elles sont quatre à regarder, à adorer, à protéger, car elle est l'aînée. Il ne faut pas toucher à elles, cela peut la rendre folle.

Comme pour former autour de l'enfant une tour invincible, elle s'est enveloppée de graisse, et toute la journée, elle se regarde, éblouie, ravie, ne pouvant imaginer quelque chose de plus beau que de poser les mains sur son ventre. Pour la première fois, elle n'attend pas les enfants de sa mère en perpétuelle grossesse, autant de petites filles dont elle s'occupe comme une mère. Elle a mangé, dévoré, pour assurer la protection de son enfant, pour former une enveloppe autour de lui. Elle a tissé autour du fœtus un manteau de graisse. La première robe de sa fille, c'est elle.

Devant le miroir, elle se regarde. Elle voudrait trouver la robe parfaite pour exprimer la beauté de sa grossesse, pour magnifier, célébrer ces neuf mois de bonheur. Profitant de la boutique de Sam, elle dessine un modèle qu'elle fait coudre par les façonniers de son mari. Et elle crée la robe. Une robe bleu marine, large, avec un gros nœud, enfantée pour l'enfant. La robe, à cet instant, est nécessaire, pour sortir elle-même du ventre maternel, pour être femme et donc mère, il faut qu'elle crée la robe. Avant, elle est grosse, engoncée dans ces vêtements qui la serrent trop, où elle ne se sent pas à l'aise. Avec la robe, elle trouve sa féminité. Elle s'invente un corps à elle. En créant la robe qui la rend femme, elle décide de répondre à la question qui la taraude : comment être femme ? comment exprimer sa féminité ? Enfin, grosse, enceinte, elle se sent femme. Désormais, elle passera sa vie à percer ce secret. Elle consacrera la femme, elle posera un sacre sur ses fragiles épaules.

Elle met les mains sur son ventre et pense à sa mère, Fanny, qui lui disait, ma fille, tu ne seras jamais femme. Tu es autre. Tu as la beauté bizarre, étrange, sauvage. La beauté de « pas tous les jours ». Fanny, belle, blonde avec ses yeux bleus et son sourire éclatant, séduisait tous les commerçants du quartier. Quand elle arrivait dans les boutiques, on lui disait : « Qu'est-ce que vous voulez, madame ? » On la regardait, on l'abordait, on lui souriait. Sonia n'est pas comme Fanny. Elle est rouge. Rouge de colère, de passion, rouge intense et sauvage. Elle n'est pas souriante, rayonnante. Elle est sombre. Désobéissante, rebelle, elle refuse d'être éduquée, dominée. Sauvage, elle ne se laisse pas faire. Et sa mère de dompter sa rousseur et sa raideur par des bigoudis, de la présenter à des concours de beauté pour se convaincre qu'elle est belle.

Petite, elle déteste les vêtements. Elle n'aime pas les robes, les chaussettes, les culottes. Elle n'aime que les pulls étroits, étriqués, qui lui collent au corps, la reconnaissent, la connaissent par cœur, qui grandissent avec elle, avec son corps qui les modèle à son image. Elle aurait pu porter pendant un an la même jupe et le même pull. À la fin, devant elle, sa mère les déchire, exaspérée par son tempérament. Un jour, elle a cherché une jupe. C'était une matinée d'été. Le soleil était haut dans le ciel. Elle voulait s'habiller, sortir. Sans la prévenir, Fanny avait jeté la jupe. Elle ouvre la porte de la maison et elle sort, nue, dans le jardin. Heureuse, libre, sous le ciel. Le soir dans sa chambre où elle se réfugie avec des chocolats, son père vient la voir et lui dire, tu ne veux pas être plus gentille avec ta mère ? Mais elle ne craint personne. Être rousse, cela lui donne un statut à part, elle peut faire ce qu'elle veut, elle a tous les pouvoirs du monde puisqu'elle a inventé sa différence. Elle est désignée. Elle est née déglinguée, décalée, en elle il y a quelque chose qui cloche, qui n'est pas juste, quelque chose qui produit du désordre. Quand elle est née, on lui a passé de l'eau oxygénée sur sa tête, ce rouge, on aurait dit du sang.

La sage-femme presse le ventre, appuie pour que l'enfant sorte, lui dit de respirer. Angoissée, suffoquée, elle regarde Sam, qui lui tient la main, lui éponge le front. Temps béni de l'attente !

Grandes espérances, craintes, joie, frissons…
Temps maudit de la délivrance ! Terreur du
jour qui se lève, irréversiblement. Et de la vie
qui ne sera plus jamais la même. La vie qui
commence, la vie qui s'achève.

Et poussant, de toutes ses forces, elle met ses
mains sur son ventre. Elle se tord, les contractions arrivent, cessent, et pendant les moments
de répit, elle pense à l'enfant, elle pense à
l'enfance à travers l'enfant. Son enfance.

Enfance protégée, enfance exposée. Exposée
au mal ordinaire et barbare, celui qui frappe
l'enfance. Celui de la guerre, quand il a fallu
fuir Paris, toute la famille a déménagé à la campagne pour s'abriter, cacher ses origines, dans
la terreur d'être juive, d'être russe, d'être rou-
maine, étrangère soudain dans le pays qui est le
sien. Et la guerre, dans le petit village où la
famille a vécu silencieuse.

Ils ont peur, ils ne disent rien. Ils sont tous là,
ses grands-parents paternels, qui cuisinent dans
de grands bocaux en grès, qui adorent les corni-
chons, ses grands-parents maternels, sa grand-
mère, avec sa peau blanche et ses traits si fins
qu'elle ressemble à une icône. Ils parlent yiddish,
ils parlent russe, ils parlent roumain, et surtout,

ils parlent français. La France, ils l'aiment, ils la vénèrent, ils l'incarnent. Elle les a sauvés, comment les perdrait-elle ? Elle leur a tout donné, et jamais ils ne la renieront. Même si certains soirs ils dansent en se tenant par les bras, encorsetés, les femmes dans de grandes jupes bouffantes, ils savent qu'ils ne retourneront jamais là-bas. Même sa grand-mère russe, rousse, avec sa peau laiteuse. Même son grand-père aux yeux bleus et aux pommettes hautes, qui travaille dans le jardin, regardant pousser les plantes et les légumes, comme au temps où il était en Russie, avant qu'on lui saccage son potager. Ils ont fui les pogroms. Ils n'en parlent pas. La France est leur asile, leur terre d'accueil et de liberté.

Pendant l'été, toute la famille se réunit dans la maison de campagne, ses grands-parents maternels, ses grands-parents paternels, Rosa, sœur de sa mère, mariée à Philippe, son oncle. Dans la grande bâtisse de Combs-la-Ville, avec un jardin où fleurissent les glycines et les prunus, un escalier en pierre, et tout autour, des cailloux, et la grande plate-forme d'herbe, les enfants jouent à cache-cache, au gendarme et au voleur. Elle est la meneuse. Marc et Jean, ses cousins, les enfants de Philippe, et ses sœurs lui obéissent, la respectent, la craignent. C'est une maison à la russe, avec deux étages et une grande terrasse où ont lieu les dîners et les déjeuners cuisinés par sa grand-mère qui prépare les *kreplers*, des raviolis à pâte épaisse avec du fromage blanc salé ou sucré et un peu de cannelle. Son oncle Philippe, qui adore les antiquaires, a rapporté de jolis meubles et de la vaisselle en porcelaine. Son cousin, qui a sept ans de plus qu'elle, est fou amoureux d'elle. Parfois, lorsqu'elle a des accès de fièvre, il se précipite sur son vélo pour chercher le docteur. Sa tante Paulette, la sœur de son père, qui aime la musique, vient les voir avec ses deux enfants qui jouent *La Fille aux cheveux de lin* de Debussy. De l'autre côté de la rue, le chemin de fer passe, le train file vers Nice, et ils disent au revoir à tout le monde avec des serviettes.

N'ayant pas de fille, Philippe s'est pris de passion pour elle. Il lui enseigne la peinture, les couleurs, il lui apprend à regarder, à être attentive à la beauté, et elle comprend que la violence des émotions provient de l'esthétisme. Il l'initie à la peinture. La prenant comme modèle, il la dessine. Pour lui, durant les longues heures où il observe son visage, elle pose. Avec ses pinceaux et ses toiles, il lui montre ce qu'est la couleur, il lui apprend à voir. Il lui apprend à viser, à faire un trait, à cerner un contour, il l'ouvre à la culture, lui montre les livres. Dans la maison de campagne, il y a un billard, elle lui met du bleu sur la tige, et elle tire sur la boule. Un jour, elle tire si fort qu'elle casse la fenêtre.

Fasciné par le trait, il lui apprend à observer les choses et les êtres, à s'en imprégner, à remettre quinze fois les yeux sur ce qui est juste, beau et intelligent, il lui dit combien la beauté comble, apporte, importe, et projette dans un état de plénitude. Il l'emmène peindre au bord de la rivière avec son chevalet, fasciné par l'eau qui coule autour d'une pierre. Avec ses yeux bleus perçants, quand il lui dit, regarde, elle ne peut pas faire autre chose que regarder. Juif pratiquant, il l'emmène à la *Schüle*, pour les fêtes religieuses, avec son livre de prières, et les cousins font leur bar-mitsva. Ses parents ne sont pas religieux, ils ne font pas Kippour. Parfois elle mélange tout. De temps en temps, elle va à l'église pour mettre des cierges. La religion, pour elle, c'est parler à ce cierge devant le visage de la Vierge ou de Jésus. Plus tard, elle se rend compte qu'elle est emportée, elle est en transe ; c'est l'écriture, la beauté d'un vêtement, ou l'amour, qui l'emporte vers d'autres mondes. À douze ans, lorsqu'elle va au lycée, elle commence à se soucier des garçons. Ce qui l'intéresse par-dessus tout, c'est de savoir comment les attirer. Déjà à l'époque, elle a beaucoup de succès. Fière, arrogante, personne ne peut la saisir, elle ment, prend des poses pour qu'on la regarde.

Sa mère avec ses yeux bleus, ses cheveux blond cendré, sa mère calme, sereine, les emmène au salon de thé, au cinéma, dans les galeries. Elle a de grands rêves pour elle, elle voudrait que sa fille soit une intellectuelle. Elle la revoit, cette femme perpétuellement enceinte, elle voit le bébé pousser dans le pull qui absorbe ses formes joliment, qui respire et qui souffle. C'est sa mère qui tricote, enceinte de l'enfant qu'elle porte dans son ventre, le deuxième, le troisième, le quatrième, le cinquième. Quatre versions de la mère en l'épanouissement de sa grossesse, heureuse, pleine, qui tricote pour envelopper son enfant à naître, pour prolonger le moment infini de la grossesse, car ainsi quand on est mère, on voudrait toujours être enceinte, on voudrait que l'enfant que l'on porte soit protégé et serein comme dans le ventre, on voudrait que le paradis à deux se prolonge. Et ce tricot né de l'amour d'une femme pour sa mère, qui tricote par amour pour ses filles, c'est l'image de toutes les mères qui attendent leur enfant.

Le tricot, ce sont les origines, les origines immémoriales enfouies dans sa mémoire, le premier tricot que sa mère a fait pour elle, en l'attendant, et qu'elle lui a mis sur le corps lorsqu'elle est née, le mouvement de la vie, le moment où sa mère l'attend, où elle est enceinte d'elle, et elle enceinte de l'enfant qui va naître et qui à son tour portera le tricot. Le tricot, c'est la première sensation qu'elle a eue, qui lui est venue du monde extérieur, rappelant le monde intérieur de la mère, le doux paradis de la gestation, c'est la transmission du secret, du sacré, l'enveloppement matériel, maternel, la création.

Créer : tirer du néant, classer et défaire, détruire et bâtir. Vivre de la démesure, s'exposer, donner à voir. Être vraiment sûr mais sans savoir pourquoi en affirmant qu'on sait même quand on ne sait pas, être double, triple, multiple, pour mieux savoir être unique. Jouer,

entraîner, exagérer, verser dans le cœur universel ses troubles, ses émotions, sa sensibilité particulière. Être impudique, être publique, par
essence, puisque c'est avec soi qu'on crée. C'est
invivable et c'est la seule façon de vivre. Autrement, on meurt.

Soudain elle pense à son aventure avec cette
femme, quand elle avait treize ans. Cette femme
sculpteur qui la trouvait si belle qu'elle avait
voulu faire son portrait. Ses parents l'avaient
accueillie chez eux. Et pendant huit jours, elle
ne l'avait pas quittée des yeux, pas un seul instant. Elle n'a pas arrêté de s'occuper d'elle,
d'être son point de mire, jusqu'au jour où elle
est allée avec elle chercher de la pâte à modeler
dans la cave ; la femme a voulu l'embrasser, elle
n'a pas compris, et la femme lui a expliqué,
l'amour ce n'est pas avec les hommes mais les
femmes, un homme ne s'occupera jamais de toi
comme moi je le ferai puisque je suis le prolon-
gement de toi, puisque je suis toi, laisse-toi faire,
tu verras ce que tu découvriras, je vais te rendre
heureuse car moi je t'aime, et tu es belle... et
elle adore qu'on s'occupe d'elle, mais elle se

rend compte que c'est terrible, que cette femme l'entraîne dans un jeu dangereux, irréversible, incommensurable, car depuis la minute où elle est entrée dans la maison, jusqu'au moment où elle en sort, elle ne regarde qu'elle, sa mère lui dit, pourquoi tu suis ma fille du regard, et elle répond, c'est l'intérieur que je veux peindre. Et la petite fille lui dit, tu t'en vas, je ne veux plus jamais te voir. Et elle pense que si elle n'avait pas embrassé un garçon avant de rencontrer cette femme, elle serait devenue homosexuelle. Et elle n'aurait pas été enceinte, en ce jour, enceinte et heureuse, enceinte et malheureuse, au comble du bonheur et au comble du malheur, dans l'hémorragie de la naissance, dans le mal inouï et cruel, mal atroce de l'enfant qui naît en déchirant la mère.

Elle ne parle pas de cette aventure à ses parents, elle ne la leur raconte jamais, elle se rend compte du danger pourtant, horrifiée, fascinée, de ce monde de femmes qui s'aiment, qui se font du mal, que va-t-il sortir d'elle, un garçon, une fille, une femme venant d'une femme, fille de sa mère, et mère à son tour, car toutes les femmes viennent d'une femme, c'est-à-dire, toutes les femmes viennent d'elles-mêmes, se reproduisent, se copient, s'engendrent, se cooptent, se pérennisent. Se séduisent, même à travers le regard de l'homme, se désirent. C'est pourquoi elles s'habillent dans des boutiques de femmes où les femmes se regardent entre elles et se touchent.

Et la femme qui vient d'une femme a posé son regard sur l'homme qui lui plaît, elle est séductrice, quelquefois pour rien, elle ne peut pas faire autrement, c'est plus fort qu'elle, que c'est beau d'avoir envie de séduire les hommes, d'avoir ce désir-là, si fort, si intense. Elle a quatre ans, avec ses cheveux rouges, son oncle Philippe la regarde. Il a des chaussettes blanches et des yeux bleus. Quand il vient à la maison, elle fait tout ce qu'il faut pour qu'il la remarque. Et il la contemple, fasciné par son visage qui lui rappelle celui de sa première femme, Anna, qu'il a épousée avant de se marier à Rosa.

Anna, morte prématurément, était la sœur de Rosa et de Fanny. Comment, demande la petite fille, comment est-elle morte ? On n'en parle pas, d'Anna, dans la famille. C'est un secret. On n'en parle même pas à la petite fille qui se prénomme Annette, comme elle. Son deuxième prénom est Sonia.

Fanny est là, à ses côtés, qui lui tient la main, heureuse, souriante, qui pense à l'accouchement de la petite fille, à sa venue au monde. Ce jour où elle était entrée à la clinique avec sa belle-sœur, femme de son frère, qui a accouché d'un garçon à vingt heures. Et Fanny a mis plus de temps. Son accouchement fut long, pénible, difficile, si difficile qu'elle disait, je ne le ferai plus. Je ne recommencerai plus. Et comme elle voulait les faire naître le même jour, elle a déclaré que la petite fille était née avant minuit, la petite fille aux cheveux rouges née par un gracieux mensonge.

Sam, son mari, est là aussi, fidèle, amoureux, heureux de sa grossesse. Sam rencontré dans une soirée, grand, avec ses lunettes, son air intellectuel, la traite comme une enfant, veut tout lui apprendre. Il n'est pas un jeune premier, il n'est pas comme les jeunes hommes qu'elle fréquente, il a tout du bon père, du bon époux. Le lendemain, après leur rencontre, il vient chez elle pour la chercher, et l'inviter à dîner. La veille, elle était en robe longue pour la soirée. Ce jour-là, elle porte une robe courte.

Et lorsqu'il s'est penché pour regarder ses jambes, elle a compris, en un éclair, le pouvoir mystérieux de la robe. Et lorsqu'il la demande en mariage, elle se dit que c'est juste, c'est bien, car il la protège. Pour une jeune fille de bonne famille, on ne peut rêver mieux. Tout le monde est fou de joie. Les hommes sont en frac, les femmes en robe longue. Et pourtant, ce jour-là, elle est malade. Comme si quelque chose en elle lui disait de ne pas le faire, comme si son corps s'y refusait alors qu'elle entendait la prière qui allait la lier à cet homme pour la vie, « par cet anneau, tu m'es consacrée ». Mais elle ne peut être consacrée à un homme. Elle est consacrée à l'art, à la vie, à l'idéal. Sacralisée par son oncle Philippe, qui l'a ouverte à la beauté, elle ne peut se consacrer à la famille, au mari, et elle ne sera jamais une sage épouse juive, cette femme vaillante célébrant le vendredi soir. Elle est d'une autre espèce, elle appartient à une autre famille. Celle des saltimbanques, des nomades de la vie, des artistes. Celle des femmes, indomptables, qu'on essaye depuis toujours de dominer, par les contes de fées, le mariage, l'enfantement, le travail, les soutiens-gorge et les ourlets.

Son oncle Philippe est là, heureux de l'accompagner à la synagogue. Heureux et ému de la voir ainsi, femme, mariée, qui lui rappelle tellement Anna, sa première femme le jour de leur mariage.

Dans le noir, le silence, sur la table de la cuisine. Les jambes écartées, elle a peur. Elle se retient de crier, elle ne doit pas faire de bruit. Penchée sur elle, le femme accomplit le geste, place l'instrument, racle, déchire, arrache, racle à nouveau. Elle a mal, elle est saisie, elle souffre, pauvre martyre, elle ne pleure pas, elle ne crie pas, alors que le sang s'écoule, sans s'arrêter, dans les spasmes, c'est elle qu'on guillotine, immolée, atroce suppliciée à l'utérus ouvert, arraché, amputé, le cœur ouvert, le corps brisé, le corps ouvert, le cœur brisé, déchire le silence, le pleur manque, ce qui racle, ce qui déchire, ce qui perfore, contractions, convulsions, le regard, la souffrance, le silence, le fœtus est avorté, la mère aussi. Jeune accouchée de l'enfant crucifié. Morts découpés, morts d'être deux et non un, morts d'être nés dans le siècle de la mort, morts assassinés de la mort sauvage, mort atroce et cruelle, mort accidentelle, morts suppliciés d'être séparés, dans une caresse infernale, leur dernière étreinte les a tués. Sur la table de la cuisine, le relief déchiqueté de la femme mutilée gît, inanimé.

Anna était si belle. Anna la rousse. Anna la Russe. Anna qu'il a perdue, Anna retrouvée dans le visage de Sonia. Anna qu'il a perdue parce qu'elle portait l'enfant. La vie, la mort, l'amour. Anna est morte parce qu'elle portait l'enfant. Anna est morte de la grossesse de son enfant mort, Anna sacrifiée sur l'autel de la féminité, de la vie qui est la mort, ô destin des femmes ! Femmes brisées par le silence, femmes rayées, déchirées, femmes décousues aux bouches cousues, mal cousues, femmes saignantes, béantes, femmes déchirées, ravagées, de l'horreur d'être femmes, ô destin des femmes, sacrifiées de porter la vie, et sacrifiées de ne pas la donner, ô femmes des siècles passés et présents, femmes honnies d'être femmes !

La tête, le corps, les pieds. C'est une fille qui vient de naître, une petite fille brune qui pleure et qui gesticule, une petite fille furieuse d'être arrachée au ventre du bonheur.

L'enfant. Grand déchirement au monde, dans un halo rouge, un voile flou et odorant, remontée vers l'inconnu, tentative de reconnaissance, de connaissance, et volonté de rester dans l'antre maternel en même temps que de sortir, survivre, transe, action qui la projette hors d'elle, inéluctablement, invariable frisson qui parcourt le corps comme une main qui le serre pour le rejeter vers le néant, la folie, le doute, le vertige, la vie et encore contractions sur le cœur qui s'accélère, souffrance, jaillir, jaillir peut-être, et dans l'accélération, sortir, bleui, étonné, violenté par la rupture, éclatement du corps, scission, coupure, projection vers l'inconnu, éreintement, distorsion, dislocation et séparation, déchirement, arrachement, spasme, une main tire une tête, tranchante, loin de l'enivrante, abri, et l'eau comme une caresse de feu, brisure de glace, un tissu vient frapper la peau, séparée de la profondeur, la sensation, réalité sans nom d'un vide qui aspire pour laisser passer le corps, recroquevillé, fripé, plié, replié, enveloppé dans l'humidité, le corps embourbé dans l'oubli où tout est saveur et espace confiné, saisissement, respiration qui brûle les poumons, le paradis ! Le paradis s'achève.

Mère et fille, un roman

L'odeur de la peau chaude transpirée contre les autres sens qui n'abritent que la terreur, et lointaine, la voix intime survient, un timbre qui revient, ouvert, claironnant, rassurant, premier dévoilement du monde, intérieur-extérieur, une voix familière, surprise mélodieuse, acidulée, modelée comme une chanson radoucit l'oreille écorchée par le bruit du silence, et elle dit, quelque chose de fou, de flou, d'inconnu, contre l'effroi de la nuit nouvelle, de l'air qui brûle, du froid qui saisit, terreur du bruit, de la peau, du geste, de la grandeur du néant, de l'immense alentour, de l'absence de contour, et soudain, le goût délicieux, merveilleux, la saveur sucrée-amère qui sort de la peau, substance visqueuse et molle, douceâtre, aspiration originaire, ce goût comme une grande fête des sens, connu-inconnu de la peau absorbée, qui suinte, exhale, goutte à goutte, parcimonieuse, précieuse, allé-chante, dévorée dans l'ardeur absolue de la nais-sance, sens, l'odeur s'emmêle dans l'extase du corps recomposé, saveur unifiée, résonance de la succion rythmée et le cœur qui bat derrière la poitrine, s'exprime sereinement, comme avant, comme toujours, paradis retrouvé, au jardin des délices, le sein maternel, après le déchirement, fugace fusion, retour à l'autre, à soi, à l'origine, au commencement. Plénitude intime du plaisir, la vie, la poursuite de la vie. Manger, avaler, absorber, respirer, aspirer. S'adonner à l'autre qui est soi, à soi qui est l'autre. Être. La première sensation, inouïe, indescriptible, impensable, l'événement le plus important de la vie, le premier, peut-être le seul, la sensation première et la dernière, c'est elle, la matrice de toutes les sensations, émoi de la naissance, sortie du ventre de la mère rouge vers le rouge flou des cheveux de la mère qui se penche vers elle en tendant son sein salvateur.

L'enfant pleure. La regarde de toute sa détresse d'être projetée dans ce monde sans avoir rien demandé, dans sa faiblesse et son exigence déjà, ne respirant que par elle et pour elle, à sa merci, sa bonté, sa volonté d'être mère tenant l'enfant, qui ne cherche qu'à se rapprocher de son corps et de son cœur, qu'elle vient de quitter, à jamais.

Différente, et semblable dans ses yeux étirés pleins de torpeur, qui la regardent sans la voir, elle la respire, cherche à la dévorer ; et la mère regarde sa créature le cœur rempli et vide à la fois.

On emmène l'enfant pour la laver, pour l'examiner, pour vérifier si tout va bien. La mère nouvelle reste seule ; épuisée, éblouie. Le médecin vient la voir pour recoudre l'utérus déchiré par les forceps. Et elle, inquiète de la naissance, angoissée, pendant qu'il la recoud, demande au médecin s'il n'y aura aucune séquelle due à la distension de l'utérus. Mais non, dit-il, il n'y a aucun problème pour avoir d'autres enfants après avoir subi cette petite opération. Les problèmes à venir seraient indépendants de cet accouchement qui fut somme toute banal en sa vérité, comme tous les accouchements. Mais elle n'y croit pas. Elle a cru mourir. Elle sait qu'elle n'aura pas dix enfants. Et ce n'est pas sa faute à elle, si elle a peur, et si, en cet instant, elle pense à l'autre, à Anna. Anna qui n'a jamais pu se pencher sur le berceau de son bébé, Anna qui n'a jamais vu la petite tête sortir de son ventre, Anna qui n'a pas vu son enfant grandir.

Mère et fille, un roman

Ils sont tous là, autour d'elle. Sam, ses parents, l'oncle Philippe, et aussi ses quatre sœurs, telles des fées, penchées sur le berceau où sommeille le bébé. Fanny et sa tante Rosa, ses sœurs, Janine, Danièle, Françoise, Muriel. Qui regardent la petite fille. Qui sera-t-elle, parmi toutes ces femmes ? Quelle sera sa place ? Quel sera son nom ? Sa destinée ? Rosa a succédé à Anna, Fanny, belle et joyeuse, a donné naissance à cinq filles, Janine la danseuse aime la beauté des corps agiles, Danièle l'artiste fait des costumes de cinéma, Françoise l'intellectuelle s'est lancée dans les hautes études chères à la mère, Muriel s'inscrit à la faculté de médecine.

Elles sont parties. Les hommes aussi. Le cœur gonflé d'amour, devant l'innocence, la fragilité, la beauté absolue de l'enfant qui vient de naître, le cœur déchiré d'amour. Elle voudrait l'appeler Tatiana. Tati-Anna. Toutes les déclinaisons d'Anna. Annette-Sonia, Janine, Françoise, Danièle... Quatre filles sur cinq ont les lettres d'Anna dans leur nom. Réparation, réincarnation, appellations. Si l'on savait tous les secrets qui se cachent dans les noms. Mais la petite fille, qui la regarde sans la voir,

réclame une autre destinée. Elle est brune, elle
est différente, elle est autre.

Nathalie, tu seras, murmure la mère. Ainsi
tu gardes les lettres secrètement. Les lettres
d'Anna, A et N. Tu seras russe, slave, tu seras
comme moi, comme ma mère, et ma grand-
mère, une icône de porcelaine, tu seras créatrice, dans les extrêmes, entre les rires et les
larmes, tu seras la femme qui change les
femmes, pour que les femmes ne souffrent plus
d'être femmes, tu seras tout pour moi, tu seras
tout. Nathalie, tu seras, et moi je serai Sonia. En
nommant sa fille, elle se nomme elle-même. Elle
ne s'appelle plus Annette, elle quitte sa destinée, elle naît en ce jour où naît sa fille. Tatiana
et Annette ne sont plus, Anna n'est plus là,
vivent Nathalie et Sonia, vive Anna.

Pleure. Un pleur sans larme, un cri rauque
sans appel, sanglot étouffé qui se cherche et
monte en puissance, pour mourir étouffé contre
l'ampleur d'une main, d'un bras, d'une peau,
d'une étoffe, entre l'étonnement et la peur, au
rythme d'un son, battement de cœur, mélanco-
lie précoce, un halo flou, blanc, noir, opaque,
orange et mauve, rouge, couleurs mêlées
dans l'abîme, l'infini du monde, contours et

formes béantes, lumière aveuglante, déran-
geante. Ferme les yeux. Oublie. Sens les odeurs
mélangées, effluves des peaux que toi seule
sais sentir, trouve le parfum de ta vie, celui qui
t'enivrera les sens, le parfum rose des mères,
des sœurs, des filles, les fées, les sorcières,
les vivantes, les mortes, les femmes, toutes les
femmes.

Elle est là, qui attend, immobile, indocile,
par un mouvement imperceptible, un froisse-
ment à peine, elle se pâme sans s'épanouir, elle
mène une conversation silencieuse, les mots ne
sont pas nécessaires pour qu'elle raconte son
histoire, l'histoire de celle qui a décidé de sortir
au grand jour et de se montrer à tous, elle qui
aime prendre l'air, le temps, la pluie, et le soleil,
qui sait déjà qu'elle n'a pas le temps, elle est
née aujourd'hui, et demain, elle aura de l'âge,
alors elle veut profiter de sa liberté, de sa vie,
de son règne éphémère sur les regards et sur les
cœurs, belle, sombre, droite, altière, avec ce
petit grain de folie, d'inachevé, quelque chose
d'étrange et de réconfortant, d'original, qui
la rend différente, triomphante, impavide et
voluptueuse, d'un simple mouvement, qui palpite, une main se tend, un sourire se dessine

aux coins de ses lèvres, un geste comme une esquisse, un signe pour elle, une odeur qu'elle reconnaît entre toutes. L'odeur de la mère. L'amour commence.

DU MÊME AUTEUR

Aux Éditions Albin Michel

LA RÉPUDIÉE, 2000.

QUMRAN, 2001.

LE TRÉSOR DU TEMPLE, 2001.

MON PÈRE, 2002.

CLANDESTIN, 2003.

LA DERNIÈRE TRIBU, 2004.

UN HEUREUX ÉVÉNEMENT, 2006.

LE CORSET INVISIBLE, 2007.

Chez d'autres éditeurs

L'OR ET LA CENDRE, Ramsay, 1997.

PETITE MÉTAPHYSIQUE DU MEURTRE, PUF, 1998.

Composition IGS-CP
Impression Bussière, juin 2008
Éditions Albin Michel
22, rue Huyghens, 75014 Paris
www.albin-michel.fr

ISBN 978-2-226-18668-3
N° d'édition : 25689. – N° d'impression : 082057/4.
Dépôt légal : août 2008.
Imprimé en France.